청아소설선 ◇ 010

소백산의 봄

김덕호 소설집

청어

소백산의 봄

김덕호 소설집

작가의 말

쑥스러움 한 다발을 묶었습니다. 타고난 글쟁이가 아니기에 그렇습니다. 틈틈이 위로와 희망과 케어를 주제로 써둔 졸필을 단편소설로 만들어 소설집으로 엮었습니다. 제겐 두꺼운 의학책 출판만큼이나 힘든 작업이었습니다.

의료인으로서의 전반기는 앞만 보고 달려왔습니다. 유명해지고 싶어서였나 봅니다. 그러나 화려한 때도 있었던 전반기 끝 무렵 대형 사고와 사건, 낙상 그리고 등록중증질환으로 연이은 병상생활을 하는 동안 침대를 적실 만큼 아픔의 눈물을 많이 흘린 시기였습니다.

회복되고 나서 후반기 삶은 필요한 의사가 되기로 결심한 약속의 징표로 위로의 글을 쓰기 시작했습니다.

얼마 전, 화산이씨-이당 고택에서 관람하고 있던 베트남 다문화가정의 여성이 멀리서 알아보고 제게 다가왔습니다. 전에 허리통증으로 입원했던 환자였습니다. 베트남에서 어린 나이에 시집와서 아이 넷 낳고도 심한 노동과 남편의 폭력으로 만신창이가 되었다고 닭똥 같은 눈물을 흘리고 있는 모습에 어떤 표정을 지어야 할지 몰랐습니다. 그녀보다 더 심한 고난 가운데 있는 친구들이 옆에 많다는 것이었습니다.

내가 받은 위로를 나누어 주어야겠다고 마음먹고 이들을 위해 저의 땀과 눈물을 뿌리고 싶습니다. 함께하고자 하는 동역자들이 공유할 희망미소를 위해 케어 글들이 사용된다면 더없는 보람으로 여기겠습니다.

이런 마음은 교수 시절 황순원 교수님의 격려로 활력을 얻었습니다. 경희대학교 사제지간으로서 새끼 후배 교수인 저에게 '김 교수, 의사는 말야 머리보다 가슴으로 치료하는 게야'라는 충고가 희망의 엔진이 되었습니다. 그분의 조언이 동기 부여가 되어 문학과 의학의 접목에 조금이라도 눈을 뜰 수 있었습니다.

금번 작품들은 캐릭터들이 겪는 깊은 상처로 아파할 때, 누군가 옆에 있어 외롭지 않도록 배려하는 위로자의 역할이 의사의 의술 못지않게 중요하다는 점을 부각했습니다. 일상에서 낯선 응급상태의 사람을 돕는 사마리아인이 '우는 자와 함께 울라'는 성경 말씀을 실천한 행동만큼은 아니더라도 이것이 작은 자의 케어가 아닐까요?

책에서 얻어지는 결과물은 모두 베트남 다문화가정을 위

해 쓰일 것입니다.

  끝으로 창작 활동 현장에서 문학에 일천한 저를 격려해
주신 김범선 선생님과 박영교 선생님께 감사드립니다. 그리
고 문우님들의 우정을 간직하겠습니다. 정성과 칭찬을 아
끼지 않으신 소설가 이영철 청어출판사 대표님의 호의를 기
억하겠습니다.
  제 마음이 담긴 책을 고운 손에 펴들고 드신 독자님의 삶
이 늘 평강하시길 기원합니다. 지쳐있는 당신을 응원합니다.
  우리 함께 인정 넘치는 건강한 사회를 꿈꾸어 봅니다.

                              2025년 추수 감사 계절에
                        화산이씨-이당고택에서 김덕호

차례

작가의 말 ··· 5

계향초(엉겅퀴) ··· 10

명의 이석간의 나라 사랑 ··· 46

목도리 ··· 84

소백산의 봄 ··· 118

외딴방 할머니와 소녀의 사랑 이야기 ··· 148

황혼의 미소 ··· 184

계향초(엉겅퀴)

"고생했어. 우리 엄마 좀 별났지? 억센 양반이라 힘들었을 거야. 욕쟁이만 아니었어도 대접받았을 텐데."

장례식장에 들어서자 빈소 가까이서 지키고 있던 친구 누나가 쫓아 나오며 손을 꼭 잡고 나지막이 말을 꺼냈다.

"어머니에겐 그게 자존심이었고 그걸로 사셨잖아요. 그러니까 구순이 넘도록 장수하셨지요."

십여 년간 친구 어머니를 치료하면서 지켜봐 왔던 배태기 원장이 대답했다.

"동생이 배 원장에게 늘 신세만 진다고 했어. 정말 고마워."

멀리 출가한 후로는 한 번도 만나본 적이 없는 친구 누나와 그날따라 가슴 깊이 따뜻한 대화를 주고받았다. 누나는 조문객을 바쁘게 맞고 있는 동생들과 배식원들을 다독거리면서 맏딸로서 자신의 자리를 지키고 있는 것 같았다. 영정 앞으로 안내를 받아 고인의 사진을 보는 순간, 삶과 죽음이 멀리 있지 않구나, 하는 생각이 들었다.

"난 혼자 몸으로 어린 자식들 키우며 기죽지 않고 자존심 부리며 살았어."

영정 속 얼굴은 뚝심과 강인함으로 꽉 차 있어 삶과 죽음의 경계에서조차 행보의 망설임이 없어 보였다. 입가에 머금은 미소는 오히려 죽음으로부터의 자유로움을 터득하고 있는 듯했다.

병상에서 손자들이 정성껏 만들어 온 카드와 그 속에 곱게 써 내려간 글을 보고 빙긋이 웃고 있던 모습이 재현되고 있는 듯 보였다. 존엄사냐 아니냐의 사회적 논쟁 속에서도 연명에 연연하지 않고 힘껏 품위를 지키려 했던 생전의 모습에서도 그런 걸 느낄 수 있었다.

친구 어머니는 죽음을 앞두고도 당당하였다. 그 당당함이 몸의 구석구석에서 찔러대고 쥐어짜는 듯한 고통을 이겨내게 했나 보다. 병상 생활에서 욕을 잘하고 고집을 부려 병실 담당 직원들이 애를 먹었다고 했지만, 이것까지도 받아줄 수 있어야 참 의료인의 자세라고 배 원장은 직원들을 달래곤 했다.

자신과 자녀들이 무시당하는 듯한 느낌을 받으면 누구에게라도 야단치고 욕한다는 건 당연히 자녀를 위한 모성의 본능이었을 것이다. 며칠 전, 병상에서 죽음을 준비한 듯, 마지막 하고 싶은 이야기조차도 혼자서 안고 가려다 그날은 주치의에게 속내를 털어놓았다.

"자식 여섯을 혼자 키우다 보니 악만 남았어. 핏덩이인 쌍둥이를 안고 전쟁터를 이리 뛰고 저리 뛰고 죽기로 각오했지. 눈에 넣어도 안 아까울 내 새끼들을 먹여 살려야 된다는 집념으로 눈에 뵈는 게 없었어. 무엇이든 닥치는 대로 했어. 품도 팔고 보따리 장사도 하고… 안 해본 게 없었지. 그렇게 자식들을 키웠어."

친구 어머니는 가쁜 숨결을 몰아쉬며 강인한 모성애를 보여주려고 애쓰는 모습이 역력했었다. 그녀의 삶이 마치 기후변화가 심하고 척박한 땅에서도 뛰어난 생존력을 갖고 자신을 지키며 살아가는 엉겅퀴를 닮은 듯했다.

"그러기에 자녀들이 잘하잖아요?"

자녀들과 며느리들이 효도가 지극한데도 자녀들에 대한 섭섭함이 어르신에게도 있었다. 일인실로 가서 조용히 혼자 마지막을 보내고 싶다고 했다. 억지로 이것저것 꽂아서 연명하지 않겠다고 흐느끼듯 말했다.

존엄사를 원하는 고집 또한 자신의 삶을 지탱해 주었던

것들에 대해 방해받지 않고 지키고 싶었던 마지막 부탁이었을 것이다. 다섯 개 이상의 복합질환을 앓고 있는 병상생활 중에도 비록 몸은 쇠하여지고 있어도 자존심을 지키려는 마지막 삶의 몸부림이었다.

"죽어야 사는 법이지."

배 원장은 가쁜 숨을 몰아쉬면서도 짧게 던진 이 말이 죽음 후의 부활을 의미한다는 것을 나중에야 알게 되었다. 식장 밖에서 사망진단서와 장례 절차에 관한 얘기를 상주와 나누는 도중에 배 원장의 아들 문수가 장례식장을 찾아왔다.

"아버지, 저 왔어요."

문수는 할머니 기일을 앞두고 미리 짬을 내어 서울에서 내려왔다고 했다.

"아니, 못 온다 하지 않았니?"

"제 스케줄이 중요하다고 생각했지만 아빠 말씀에 순종하기로 했어요."

"고맙다 아들. 참, 인사드려라. 이분이 아빠 친구고 상주이시다."

"안녕하세요. 삼가 애도의 말씀을 드립니다. 이런 줄도 모르고 복장을 미처 준비 못 했어요."

녀석은 아주 의젓한 태도로 상주에게 인사를 했다.

"자네 아들 든든하게 생겼구먼. 예의범절도 있고…"

"애야, 문상하고 오너라. 그리고 어떤 마음이 드는지도 느껴 보아라."

배 원장은 아들에게 문상 절차를 알려주고는 다른 지인들과 잠시 얘기를 나누었다. 문상을 마친 문수가 옆자리에 앉으며,

"아빠, 살아있다는 자체가 감사하고 내 삶이 소중한 만큼 다른 이의 삶도 소중하다는 걸 느꼈어요. 또 잘 죽는 법이 잘 사는 법 못지않게 중요하다는 것도요."

"조문객으로 가는 것이 하객으로 가는 것보다 의미 있는 이유가 그것이지."

"아빠, 저는 고모네 집에 가서 사촌들과 놀다가 아침 일찍 갈게요."

배태기 원장은 사라져가는 아들 뒷모습에서 눈을 떼지 못했다. 늘 아이인 줄 알았더니 어느새 사회인으로 컸다. 항상 바쁘다는 핑계로 같이 지낸 시간이 많지 않았는데, 아빠를 이해하고 할머니 기일을 맞아 뿌리를 찾으러 고향으로 내려왔다.

아들은 전공이 사람의 생명을 다루는 학문이라 한가할 여유가 없다고 고집을 부렸지만, 효와 뿌리 찾기라는 점에서 설득당한 듯했다. 마침 학기 초라서 시간을 내기가 좀 수월해 하루 수업을 빼먹고 고향으로 내려왔다고 했다.

친구 어머니를 문상하고 돌아오던 태기는 칠순도 못 돼 홀쩍 떠나버린 어머니가 무척이나 그립고 보고 싶었다. 팔순을 넘기는 이들이 많은 시대를 살면서도 그렇지 못한 게 불효가 된 듯 마음이 편치 않았다.

청소년기 땐 속 썩였고, 출향살이 30여 년 동안 효도 한 번 제대로 못 한 아들이 귀향을 준비하는 중에 어머니가 갑자기 세상을 떠났기 때문이다. 태기는 자기 손으로 어머니를 염습(殮襲)했던 기억이 떠올라 목이 메고 눈물이 핑 돌았다.

봄을 재촉하는 비가 제법 굵게 내리다가 이슬비로 바뀌고 있었다. 긴 겨울 가뭄 끝에 내리는 귀한 비라 우산도 쓰지 않고 혼자서 밤거리를 걸었다. 한밤중 인적이 드문 텅 빈 거리에 이따금 택시도 고인 물을 튀기면서 쏜살같이 지나갔다.

길옆 양지바른 화단에는 때 이른 할미꽃이 고개를 내밀고 있었다. 가랑비에 옷 젖는다고 머리에서 몸속으로 빗물이 스며들었다.

태기는 평소에도 어머니만 생각하면 울컥하는 마음에 자신도 모르게 눈물이 돌았는데, 오늘따라 죄송스러워 눈물이 빗물과 함께 두 뺨에 주르륵 흘러내렸다. 어머니가 흘리는 눈물로 느껴지기에 가슴이 미어지고 창자까지 흠뻑 젖

어드는 것 같았다.

　어머니를 생각하는 눈물은 눈물샘에서 나오는 눈물이 아니라 뜨거운 가슴 속에서 길어 올린 그리움의 눈물이었다. 태기의 얼굴은 빗물인지 눈물인지 뒤범벅된 채로 쉴만한 곳을 찾았다.

　잠시 공원 정자 난간에 앉아 있는데 비가 다시 굵어지기 시작했다. 땅에 떨어졌다 튕겨 오르는 빗방울 소리가 마치 쇼팽의 빗방울 전주곡에서 아래위로 반복하는 울림소리와 같았다. 정자에서 어머니와의 추억을 되씹으면서 추녀 끝 낙수를 바라보는 자신의 모습이 마치 비 오는 날 홀로 적막이 흐르는 수도원에서 쇼팽이 느꼈던 우중충한 분위기와 다를 게 없다고 생각했다.

　태기는 스산한 바람과 음울한 날씨에 딱 맞는 시, 낙향을 결심한 선비가 세상살이가 싫어 어머니가 있는 고향을 그리워하면서 쓴 시의 한 구절이 생각났다.

　　　세상은 아무도
　　　나를 알아주는 이가 없다
　　　추적추적 비 뿌리는 한밤중에도
　　　잠을 이룰 수가 없어

등불을 끄지 못하고
어머니 생각을 하네

그의 시심 속에서 부모의 기대만큼 부응하지 못하고 뜻을 접고 낙향해야 하는 젊고 능력 있는 선비가 어머니에 대한 그리움이 얼마나 컸을까, 하는 생각이 들었다.

삶과 죽음 사이의 거리는 어머니가 가장 잘 잴 수 있지 않을까?

또한 재지 않는 이도 어머니다. 자식이라는 새 생명을 살리기 위해 악착같이 살아남으려고 하지만 위기 시에는 자신의 목숨을 초개와 같이 서슴없이 내어놓는 이가 어머니다. 태기는 어머니의 힘만이 생과 사의 경계점을 허물 수 있다는 깨달음이 비 오는 날 더 선명하게 사무쳐 왔다.

정자에 앉아 깜빡 조는 동안 가까운 곳에서 갑자기 싸우는 소리가 들려왔다. 남자와 여자 모두 '너 죽고 나 죽자' 하면서 욕설과 독기 서린 말을 마구 내뱉고 있었다. 여자가 악을 쓰며 울부짖었다. 남자도 고함을 지르며 맞받아치고 있었다. 집안에서 들려오는 소리로 봐서 부부가 싸움하는 듯했다.

태기는 이웃집 부부싸움을 통해 자신을 돌아보았다. 어릴 적 가정불화 속에서 어머니의 상처 받은 모습이 아련히 떠올라 마음이 아팠다.

태기는 흠뻑 젖은 상태로 현관 초인종을 눌렀으나 인기척이 없었다. 그는 아내가 피곤해서 잠에 깊이 곯아떨어졌나 보다, 하고 여러 번 눌러댔으나 마찬가지였다. 집 전화도 안 받고 해서 폰을 눌렀다. 이사 온 지 얼마 안 되어 비밀번호를 기억하지 못했기 때문이다. 두 번 시도 끝에 연결이 됐다.

"여보 난데, 빨리 문 열어 줘, 나 열쇠 없어."

늦게 들어가는 게 잘못이긴 하지만 몸에 한기가 들고 피곤해서 약간 짜증 섞인 목소리로 재촉했다.

"당신이에요? 저, 서울 집에 왔어요. 문수가 먹을 반찬 준비해 놓고 내일 인천 가야 해요. 친정엄마 기일이잖아요. 잠깐만요, 출입문 비밀번호는 0735★예요. 문수는 오후에 영주 간다고 하던데…"

아내는 잠결에 전화를 받은 티가 났다. 아들에게도 어머니의 손길이 필요하다, 이렇게 생각한 그는 자기 생각만 한 것 같았다. 하기야 자정이 지나 새벽으로 가는 시간에 잠을 깨워 아내에게 미안하기도 했다. 그는 대충 씻고 나서 눈을 붙이려 했으나 영 잠이 오질 않았다. 평소에는 머리가 닿기만 하면 잠에 곯아떨어졌는데도 말이다.

어느새 비가 그쳤다. 베란다에서 내려다본 아스팔트 바닥은 습기가 없이 말라 있었다. 해가 길어지면서 날이 일찍 훤하게 밝아졌다. 그는 밤새 어머니 생각에 엎치락뒤치락하다가 한숨도 못 자고 일어났다. 그런데 그다지 피곤한 줄 몰랐다.

불현듯 어머니가 보고 싶어 산소가 있는 농장으로 차를 몰았다. 날씨가 쌀쌀한지 승용차 앞뒤 유리창에 김이 서렸다. 계곡을 따라 피어오르는 안개 속에서 어렴풋이 나타나는 키가 낮은 나무가 마치 어머니의 모습과 같았다. 밤새 봄비가 내리더니 어느새 구름 사이로 아침 해가 떠오르고 있었다.

약초 농장 입구에 자리 잡은 어머니 산소는 주마산 둥주리봉과 고택 그리고 교회와 철탄산을 잇는 일직선상에 있었다. 어머니 산소는 할아버지가 평소에 입버릇처럼 묏자리로 말한 곳이었고 그만한 이유가 있었다.

"어무이, 아들이 왔네. 지난밤 보고 싶어 한숨도 못 잤네. 어무이, 이젠 무거웠던 짐 다 내려놓고 하늘나라에서 편히 쉬고 있제."

태기는 어머니가 마지막으로 남긴 유언을 생각하면서 산

소를 마주 보고 대화를 하듯이 독백했다. 그는 호주머니에서 하얀 손수건을 꺼내 지난밤 비에 흙물이 튀어 얼룩진 비석을 말끔히 닦아내고 봉분 위에 남아 있는 건초를 깨끗이 뽑았다. 이른 봄이라 잔디 새싹은 아직 나오지 않았지만 양지바른 곳에 제비꽃이 간간이 보라색 입술을 뾰족이 내밀고 있었다. 촉촉한 꽃잎에 맺혀있는 이슬방울이 아침 햇살에 영롱하게 반짝거리고 있었다.

태기는 산소 앞에 서서 묵념한 다음 앉아서 기도를 올렸다. 산소 앞에서 어머니를 생각하다가 등 뒤에서 교회 종소리가 '땡강' 하고 예순일곱 번째 치고 있는 듯한 착각에 빠져들었다. 당시에는 마을에 누가 죽으면 교회가 나이 숫자대로 종을 쳐주었다. 그리고 교회가 지역을 섬기는 일 중에 장례 상조가 잘 운영되고 있었다. 특히 교회가 운영하는 신용협동조합원과 교우들이 모두 나와서 일손이 되어주고 필요한 장례 절차를 깔끔하게 치러주었다.

상두꾼들의 목소리가 안개 속에서 아련하게 들려오는 것 같았다. 태기는 당시 수고한 이들에게 고맙다는 인사도 제대로 못 한 것이 지금 죄스럽게 느껴졌다.

마당 저편에서 생명을 품고 싶어 하는 암탉이 골골하는 소리가 들려왔다. 태기는 암탉이 알을 낳으려 하거나 이미 부화한 새끼병아리에게 먹을 것을 찾아 줄 때, 어미로서의 진통과 양육의 책임을 지고 있다는 신호를 보내는 것으로 느껴졌다. 미물도 모정이 저러한데 어머니는 어떠했을까?

고택 마당에 들어서면서 "어무이!" 하고 크게 불러 보았다. 대답이 없었다. 집을 관리하는 후배는 아침 일찍 들에 나간 모양이었다. 한차례 불어대는 봄바람에 삐거덕하는 소리와 함께 어머니가 문을 열고 나오는 듯한 착각에 빠져들었다.

닭장 옆에 송판으로 얼기설기 만들어 놓은 개집에서는 다섯 마리 갓 태어난 강아지에게 젖을 빨리는 어미 개가 긴장을 늦추지 않고 그를 바라보고 있었다. 가까이 가면 새끼 보호를 위해 으르렁대는 모습이 가관이었다. 닭장 앞에 서서 닭의 행동을 보고 있노라니 다시금 어머니의 자식 사랑과 보호 본능이 얼마나 컸을까, 하는 생각이 들었다.

쌓아놓은 나뭇단에서 쭉 뻗은 가지 하나를 빼 들었다. 마치 어릴 때 닭서리 하다가 야단맞은 회초리 같았다. 그 회초리 속에 담긴 어머니의 마음이 저미어왔다.

오랜만에 집 주위를 둘러보면서 어머니의 흔적을 더 찾아보고 싶었다. 집 앞 농로 옆 밭에 비스듬한 둑이 제법 높게 나 있고, 그 둑 밑에 작은 도랑이 있었다.

길과 도랑 사이의 밭둑 중간 지점에 우물이 있었다. 우물은 어머니 삶의 공간이었다. 동시에 자식들의 삶을 이어 주는 생명의 근원이었다. 어머니는 물 나르기가 힘겨웠어도 이 우물가를 자식들과 소통하는 공간으로 만들면서 참고 견뎠다. 두레박 우물은 아니고 앉아서 바가지로 퍼내 쓸 수 있는 곳이라 키가 작은 아이들도 얼마든지 물을 풀 수가 있었다. 우물 위 둑 가장자리에 큰 산수유나무가 자리 잡고 있었다.

우물은 한 면이 어른 두 팔 벌린 크기의 정사각형 모양이었다. 깊이는 성인 한길 반 정도이고, 밑바닥부터 돌을 촘촘히 쌓아 올려 지상은 어린이 키 높이만큼 경계벽이 세워져 있었다.

뚜껑은 가로 세로로 막대를 놓고 그 위에 넓적하면서도 크고 긴 돌을 가로로 걸치고, 그 위에 다시 넓은 돌들을 세로로 얹어 놓아 위에서 떨어지는 낙엽이나 불순물들이 들어가지 못하도록 만들어져 있었다.

물을 퍼내는 입구는 서너 뼘 정도의 넓이와 높이로 가로로 길게 돌 턱을 붙여 물동이를 올려놓기 편리하고 혹시 실수로 미끄러져 우물 속에 빠지지 않도록 했다.

우물가 바닥은 납작하고 작은 돌로 채워져 있었다. 우물 속으로 역류가 안 되도록 도랑 쪽으로 경사가 져 있었다. 폭우가 내려 넘칠 때와 용기에 담을 때 흘리는 물이 잘 빠져 고이지 않아야 미끄럼과 각종 균 번식이 방지된다는 걸 고려한 듯하다.

도랑 쪽 바닥끝에는 빨래판을 이용하기 좋게 잘 다듬어진 한 뼘 두께의 돌 하나가 놓여 있었다. 그 돌은 빨래 외에 등목할 때도 사용되었다. 몸을 구부리면 등판에 부은 물이 허리에서 어깨로 시원스럽게 흘러내리기 좋게끔 만들어져 있었다. 어깨를 좀 더 낮추거나 고개를 숙이면 머리까지 적실 수 있었다.

사춘기 때 하굣길에 어머니의 공간으로 불려갔다.

"공부는 안 하고 어울려 놀러나 댕기고 불량 아들과 놀아나면 난 죽어뿐데이…"

어머니의 너 죽고 나 죽자는 화난 얼굴에 태기는 어쩔 줄 몰랐다. 어머니의 마음고생과 과로는 누구보다 잘 알고 있기에 반항하고 싶어도 그렇게 할 수가 없었다. 어머니는 마음의 응어리로 가끔씩 실신하기 때문이었다.

"엄마, 잘못했어. 집안 분위기도 그렇고 마음 붙일 데도 없어 그랬어. 이제 마음 붙들어 매고 공부 열심히 할게. 돈 벌어서 호강시켜 줄게."

울먹거리며 태기는 꿇어앉아 용서를 빌었다. 어머니는 아무 말 없이 태기를 일으켜 세우더니 와락 껴안았다. 둘이서 목 놓아 울었다. 그때 흘린 어머니의 눈물이 태기 앞길에 억

만금보다 가치가 있었다.

웅덩이에 고인 물에 작은 돌 하나를 던져보았다. 물속에 둥글둥글한 어머니 얼굴이 물결과 함께 겹쳐서 보이는 듯했다. 물속에 손을 넣어 어머니 얼굴을 만져보려 했지만, 손 그림자 외에는 아무것도 보이질 않았다. 움직이는 물결 따라 손 그림자가 크게 다가왔다. 고된 일을 하고 우물가에서 등목을 해주었던 어머니의 따스한 손길이 문득 생각났다.

수일간 폭염 끝에 밤중까지 태풍이 한바탕 쓸고 지나간 어느 날 새벽이었다. 라디오에서 흘러나오는 태풍 소식은 다급했고 정부에서 담화문까지 발표하였다. 밤새 긴장한 탓에 늦은 잠에 취해 있던 태기는 어머니가 깨우는 바람에 눈을 비비면서 방문을 열고 마당으로 나왔다. 작업 준비에 분주한 아버지와 어머니가 지주목과 새끼 끈을 리어카에 가득 실어놓고 있었다.

"태기야. 인삼포에 할 일이 많데이. 온 식구가 다 대들어야 한다. 단디 준비하거라."

평소와 달리 여유 있고 부드럽던 아버지의 표정은 일그러져 있었고 말투도 무뚝뚝했다. 태기는 다른 아이들보다 땀띠가 잘 돋아 여름이 싫었다. 하지만 일손이 부족해 어쩔

도리가 없었다. 하늘을 보니 구름이 걷히고 뙤약볕이 내리쬐고 있었다.

대문 입구에 서서 멀리 밭을 바라보니까 꼭 전쟁터를 방불케 했다. 태풍에 지주목과 짚으로 엮어 만든 해가림 시설은 엉망이 되어있었다. 지붕은 날아가고 지주목까지 뽑혀 나뒹굴었고 어떤 곳은 폭삭 내려앉았다. 밭은 산 밑 그늘진 곳에 있어 인삼 경작에 적지였다. 인삼밭은 관리가 매우 까다로운데 그중에 해가림 시설이 중요하다. 따라서 즉시 다시 세워야 했다.

"태기야, 일꾼들이 일하는 걸 도와주어라."

아버지는 부리나케 리어카를 끌고 인삼밭으로 출발했다. 가족들이 모두 인삼밭에 매달리는데 태기도 맏이로서 앞장서야 했다. 태기는 아직도 잠이 덜 깬 상태에서 아버지를 따라나섰다.

"오르막이라 힘이 든다. 좀 밀어다오."

아버지가 말했다. 태기는 뒤에서 잠깐 밀어주는데도 이마에 땀이 줄줄 흘러내렸다. 아주 더운 날씨였다. 리어카 짐을 거의 부려놓을 때 어머니가 아랫동네에서 일꾼 몇 명을 구해서 왔다.

"인삼은 말이야, 인내가 필요하데이, 날씨를 잘 지켜봐야 한다. 여름철 태풍이나 겨울철 폭설도 대비해야 하제."

어머니가 남은 자재를 내려놓으면서 말했다.

인삼은 파종해서 발아하기까지 이 년 그리고 일 년간 키워서 모삼으로 이식해야 하고 오륙 년을 더 기다려야 사람을 닮은 인삼을 손에 쥘 수가 있다. 다만 발아율이 낮고 환경이 안 맞으면 잘 죽고 굼벵이의 습격에도 약하다, 라고 아버지도 아들에게 가르쳐주었다.

태기는 특히 어머니가 인삼에 대해 많이 알고 있는 것에 놀랐다. 어쩌면 어머니의 인내심이 인삼에 투영되어 그럴 것이다.

태기는 지주목에 못질하고 새끼로 묶는 일을 했는데 땀이 비 오듯 쏟아졌다. 밭에서 일하는 사람들은 푹푹 찌는 뙤약볕에서 하는 작업에 땀을 많이 흘려 탈진이 될까 봐 주전자에 물을 많이 준비해야 했다. 냉장고가 없던 시절, 물을 시원하게 마시려면 그때마다 읍에 가서 얼음을 사와야 했다. 아니면 지표수보다는 지하수나 깊은 우물에서 막 길어낸 물이어야 했다.

물과 건강의 상관관계에 대한 지식이나 정보가 절대 부족했던 때라 유해물질 판단기준도 잘 지켜지질 않았다. 특히 사카린은 당도가 매우 높아 비싼 설탕 대신에 흔히 사용하였으나, 암이나 대사질환 발생률을 높인다, 하여 훗날 생산이 금지되었다. 하지만 이때는 큰 주전자에다 우물물을 길어 사카린과 썬 오이채를 띄운 물을 수시로 마시는 것이 그나마 잘 대접하는 것이었다.

점심때가 다가오자 중천까지 온 뜨거운 햇살이 젖은 땀을 금방 말려버렸다. 땅에서 솟아 올라오는 열기로 숨이 탁 막힐 지경이었다. 날씨가 더워 노인들이 일사병으로 목숨을 잃었다는 소식이 동네마다 심심찮게 들려오곤 했다. 강한 햇볕을 받으면 인삼은 육 년 동안 그늘에서 다섯 장의 잎을 통해 뿌리를 성장시키던 과정을 중지하고 만다. 햇살에 잎이 타버리기 전에 급히 시설을 씌워주지 않으면 자칫 썩어 버린다.

인삼포 작업의 중요성을 생각하면 여유시간이 없었다. 워낙 고온다습한 날씨라 점심시간은 충분한 휴식이 필요했다. 저녁밥을 먹기 전에 몸을 씻어야 하는데 가까운 시냇물을 찾거나 옷을 입은 채로 그냥 지냈다. 찝찝하기도 하고 땀 냄새가 진동하는 건 예사였다.

저녁때가 되어 모두 대충 씻고 밥상 앞에 둘러앉았다. 어머니는 일하는 아주머니에게 부엌일을 맡기고 땀을 흘려 옷이 몸에 달라붙은 채 앉으려는 태기를 데리고 우물가로 갔다.

"태기야, 웃통 벗어라. 돌 위에 손 짚고 엎드리거래이."

어머니는 바가지로 물을 떠서 바로 등에 붓지 않고 몇 번이고 손으로 등에서 목까지 물을 추겨가며 문질렀다. 갑자기 찬물을 등에 부어 태기가 냉기에 흐느끼지 않도록 먼저 준비를 시키는 것이었다.

어머니는 허리춤에서 빼낸 수건으로 물을 묻혀 몇 번이나 물수건으로 등을 문지른 다음, 물을 바가지로 떠서 천천히 붓기 시작했다. 물을 부을 때도 등에 직접 붓질 않고 자신의 왼손을 펴서 손을 등 위에 올려놓고 그 위에다 부었다. 그리고는 그 주위를 몇 번 문지르고는 위치를 옮겨가며 등목을 시켰다. 마지막에는 세숫대야에 담아 둔 미지근한 물로 마무리를 해주었다.

"엄마, 엄마가 해주는 등목은 할매가 해주는 거와 달라. 흐느끼지도 않고 닭살도 안 돋고 좋아."

"할매는 어떻게 하디?"

"갑자기 찬물을 몇 번 콱 부어 깜짝 놀라기도 하고 좀 있으면 윗몸이 더 화끈거려. 엄마가 해주는 건 그런 게 없어. 왜 그래?"

"음 그건, 니가 나중에 크면 왜 그런지 알게 될 거야."

농사일이 거칠어서 손가락 마디마디가 굵고 거칠고 억센 손바닥으로 뽀드득뽀드득 소리를 내면서 밀어주는 어머니의 손이 좀 매웠지만 몹시 시원했다. 어머니가 등을 미는 소리는 눈 위를 걸을 때와 비슷한 소리를 내지만 훨씬 더 시원하게 느껴졌다.

세숫비누가 귀해 양잿물이 들어간 빨랫비누로 때를 빼는 동안에도 어머니의 손은 약손처럼 부드럽게 움직였다. 태기는 여름철이면 이렇게 어머니와의 잦은 등목을 통해 모자 간의 정을 쌓아갔다. 그는 급히 수건을 내주고는 물동이를 이고 가는 어머니의 뒷모습이 그렇게 인자해 보일 수가 없었다.

어린 아들의 몸 상태를 잘 아는 사람은 자신밖에 없다고 생각한 어머니이기에 등목에 주의해야 할 사항을 스스로 터득한 것 같았다. 여름철에 손쉽게 더위를 쫓으려는 방법 중 하나로 등목을 하지만 노약자는 조심해야 한다.

특히 심장병이나 고혈압과 저체온이 있는 사람에게 갑자기 넓은 체표면적이 찬물에 의한 자극은 순간적으로 혈관을 수축시켜 간혹 약한 혈관이 터지기도 하고 심장마비를 일으키기도 한다. 등목 후에 어지러움, 무력감, 구토 증상이 있거나 심하면 졸도하기도 한다. 지하수로 하는 등목은 건강한 젊은이들에게는 더위가 물러가는 듯한 일시적 시원함을 느끼게 하지만 노약자일 경우 체온에 가까운 미지근한 물을 사용해야 했다.

태기는 어린 시절 장이 약한 데다 몸이 차고 저항력이 떨어져 있어 가족에겐 늘 걱정거리였다. 저학년 때는 코흘리 개로 왼쪽 가슴에 달고 다니는 코 손수건을 매일 두서너 개씩 갈아야 했고 비염과 감기는 늘 달고 지냈다. 감기 끝에 잇몸병과 귓병 같은 합병증도 반드시 따라다녔다. 밀가루나 잡곡 음식은 소화를 못 시키고 늘 설사로 고생했다. 면역이 약해서 그랬기에 등목은 어머니의 전유였다.

태기는 둑길을 따라 올라가다가 물을 가두어 둔 보 가까이에서 잠시 발길을 멈추었다. 물가에는 산수유나무와 감나무가 서로 가까이 있었다. 뻗어 나온 가지들이 보를 가려 여름철이면 옷을 홀라당 벗고 멱을 감더라도 밖에서 잘 보이지 않았다.

둑 위로는 큰 거름더미가 있어 눈에 거슬렸다. 둑을 따라 모기들이 서식하기 좋은 잡초들이 아주 무성했다. 개울가에는 미나리, 창포, 갈대, 물봉숭아 등 습지식물이 우거져 있었다. 백문동 같은 키가 낮은 약초도 둑 중간쯤에 군락을 이루었다. 미꾸리, 가재, 개구리, 두꺼비도 도랑에 많이 살고 있었다. 습지는 알, 유충, 번데기를 거쳐 성충인 모기가 번식하기에 좋은 적지였다.

여름철에는 흔히 '하루거리'라고 불리는 열병이 많이 퍼졌다. 하루거리는 고열과 오한이 하루건너 번갈아 계속되고 비장이 붓다가 체력이 극도로 약해지면 사망하는 경우도 많았다.

불결한 환경위생으로 감염된 말라리아 병원체인 암컷 얼룩날개모기가 사람의 피를 빨아먹을 때 몸속으로 들어가 일이 주 잠복한 후 '학질'이라는 병을 일으킨다. 학질이란 말라리아라고도 부르는데 아노펠레속 모기가 옮기는 급성 또는 만성 재발성 감염질환이며 인류 역사와 같이 시작된 열성질환의 하나이다.

학질은 왕조시대나 지금이나 그 누구도 피해갈 수 없다. 감염과 사망률이 높기에 모기장이 발달된 이유이기도 하다. 당시는 방역이 잘 이루어지지도 않았고, 어떤 해에는 유충 번식이 성한 때가 있었다. 덥다고 아침 일찍 일어나 오후 늦게까지 밭에서 일하다 보면 말라리아모기는 들판의 모기에 섞여서 수시로 와서 물었다. 모기들은 사람들이 흘리는 땀 냄새는 귀신같이 알고 몰려왔다. 큰놈은 팔이 긴 옷을 입었는데도 그 위까지도 찔러댔다. 모기에게 물려 온몸이 상처투성이가 되기도 했다.

당시에 만연했던 이 병은 오죽하면 속담 중에 '학을 떼다'라는 말이 있었을까. 이 말은 살기 어려운 시절 그만큼 괴롭거나 어려운 처지를 이겨냈거나 간신히 모면했다는 의미로 학질에 비유한 말이다. 학질은 1970년대까지 성했지만, 그 후부터는 거의 근절되어 질병 골동품으로 취급을 당하다가 최근 북한에서 다시 발생하여 남하한다는 보도가 있었다.

죽다 살아난 기억이 떠올랐다.

"엄마, 나 죽을 것 같아. 견디기 너무 힘들어."

태기는 새카맣게 탄 입술을 달막거리며 모깃소리마냥 들릴락 말락 한 소리로 통증을 호소했다. 숨을 헐떡거리면서 가슴과 머리를 번갈아 움켜쥐면서 고통을 억지로 참아내고 있었다. 학질에 걸려 $40°$ 이상의 고열이 있다가 집이 떨릴 만큼 몸을 움츠려 떨기를 이미 일주일째였다. 오늘은 하루 종일 고열과 오한이 반복되면서 두통과 어지럼증 때문에 눈을 뜰 수가 없었다.

태기는 점점 더 야위어갔고 기운이 바닥까지 축 처져 있었다. 입속도 고열에 타서 불에 덴 것 같은 상처가 나 있었다. 잇몸은 부어있었고, 혀에는 암자색 지도가 생겨있었다. 밥은 아예 먹질 못하고 좁쌀로 만든 미음을 끓여줘도 한 숟갈을 입에 넣으면 바로 토해냈다.

"야야, 이를 우짜노? 먹어야 살제. 조금이라도 어서 먹어봐라. 그래야 약 먹제."

어머니는 방금 펌프로 퍼낸 차디찬 지하수에 적신 수건을 번갈아 가며 이마를 식히고 있었다. 틈틈이 화롯불로 가서 한약이 잘 달여지고 있는지 확인했다. 빨리 달이기 위해 급기야 동생 정아를 불러 앉혀놓고 화로를 부채질하게 했다. 금계랍 또는 키니네라고도 하는 '퀴닌' 가루약을 같이 먹였는데도 병은 더 심해져만 갔다.

"애비 에미 온나 보자. 자가 병이 악화되는 걸 보니 다른 원인이 있는 것 같구나. 있는 대로 얘기해 봐라."

할아버지가 다급하게 소집한 이유를 듣고 아버지가 말을 꺼냈다.

"실은 자가 지난 주에 지 외갓집에 간 것이 아이라 강릉 고모네 집에 갔다 왔니더. 거기서 매일 바닷가에 나가 사촌들끼리 이것저것 먹은 게 탈이 난 모양이시더."

"그럼 거기서 병원에 갈 정도로 마이 아팠다고 하더냐?"

할아버지는 수사관이 취조하듯 엄한 표정으로 물었다.

"야, 응급실에 갔는데 가벼운 식중독이라고 해서 약을 먹었데요."

언제 들어도 아버지는 조용히 조곤조곤 거리는 대화법을 썼다.

"야들아. 왜 진작 사실대로 말 안 했노? 이게 숨긴다고 되나?"

할아버지는 드디어 화가 섞인 말로 따졌다.

"집에 와서는 밥도 잘 안 먹고 물을 자주 찾더니만 설사를 계속했다네요. 금주부터는 열이 오르고 한속을 넣고요."

옆에 있던 어머니가 걱정스러운 표정으로 거들었다.

"아 잡겠다. 집 약으로 잘 안 낫는 걸 보니 학질 말고 합병증이 있는 게 틀림없다. 빨리 시내 병원에 가서 입원시켜라."

할아버지는 단호한 표정으로 말했다.

전 같으면 리어카나 자전거를 동원했겠지만 워낙 급한 상황이라 차 한 대를 대절했다. 여름인데도 태기는 두꺼운 옷을 겹겹이 껴입어도 몸이 덜덜 떨렸다. 부축을 받아 겨우 차에 올랐다.

가는 도중에도 차 안에서 계속 누런 가래를 뱉어내고 토했다. 먹은 게 별로 없어서 처음에는 푸르스름한 물을 올리다가 나중에는 올라올 것이 없는지 발작적인 기침과 함께 토악질 소리만 요란하게 나왔다. 앉아 있을 힘이 없어 비스듬히 어머니 가슴에 머리를 파묻고 기댔다.

그는 어머니 품속에서도 몸이 괴로워 이것저것 생각할 여유가 없었다. 그런데도 콩닥거리는 어머니의 심장 소리가 크고 빠르게 뛰는 것은 느껴졌다. 자식이 아픈 데 대한 걱정이 커서 그럴 것이다. 배가 뒤틀리고 아팠다. 시내 도착할 때쯤 다시 열이 올라 몸 전체가 경련이 시작되더니 기절해 버렸다.

친척인 원장이 퇴근도 못 하고 검사결과가 나올 때까지 기다렸다가 할아버지를 찾아와서 설명했다. 학질과 폐렴 그리고 식중독과 장염이 겹친 복합질환이라고 했다. 원래 장염이 있었는데 식중독을 앓고 몸이 쇠약해진 데서 폐렴 그리고 학질까지 겹쳤다는 것이다. 어지럽고 황달기도 있었다. 좀 더 끌었으면 빈혈이 심해지고 비장파열이 일어날 뻔했다고 했다.

"어린것이 울매나 고생하겠노?"

평소 엄하기만 했던 할아버지가 사경을 헤매는 손자에게 건넨 단 한마디의 따뜻한 말이었다.

태기는 저녁 시간이 지나서야 눈을 떴다. 희미한 초점 안에 들어오는 가족들이 어렴풋이 보였다. 팔에는 링거액이 두 개나 꽂혀있었고 네 군데 팔다리는 경련할까 봐 침대에 묶여있었다.

"물 좀 줘, 목이 말라요."

정신이 들기 시작하자 목이 타들어 가고 입속이 말라 입을 다셔도 아무 감각이 없었다.

할아버지와 아버지는 구석 하나씩 차지하고 벽에 기대어 꾸벅꾸벅 졸았다. 그러나 어머니는 머리 쪽 침대 모서리에 앉아서 아들 가슴에 알코올 수건을 교대로 갈아주면서 입술을 달싹거렸다. 나직이 기도하는 듯했다.

"야야, 정신이 좀 드나?"

어머니가 울먹거리는 목소리로 말을 꺼내며 침대에 손을 묶어 놓았던 끈을 풀었다.

"응, 엄마."

할아버지와 아버지는 태기가 정신이 들었다는 말에 침상 가까이 다가와서 말없이 물끄러미 바라보았다. 다소 안도 감이 어린 표정이었다. 밤이 깊어 가고 있었다. 태기를 지켜 보다가 저녁 식사 때를 모두가 놓쳤다. 할아버지와 아버지 는 먼저 가고 어머니만 남았다.

"엄마, 저녁 먹고 와. 엄마가 고생이 많네. 이런 모습 너무 싫지?"

알코올 수건을 바꾸더니 어머니는 창문 쪽을 향해 걸어 가 손으로 눈물을 훔치는 것 같았다. 아들에게 눈물을 보 이지 않으려는 듯이 보였다. 침상으로 다시 와서 손을 꼭 잡았다.

"내 걱정일랑 말거라. 니가 먹으면 나도 먹고 오마."

태기는 억지로 늦은 저녁 죽을 먹기 시작했다.

"엄마, 엄마도 이참에 아픈데 검사 좀 해 봐."

그는 문을 열고 들어오는 어머니에게 검진을 권유했다. 지난봄에 어머니가 갑자기 쓰러져 병원에 입원했을 때 당뇨 합병증이라고 의사가 아버지와 이야기하는 걸 들었다.

외가에 가족병력이 있긴 해도 나이가 많지 않은 어머니가 태기를 임신한 후 당뇨병과 합병증을 앓게 된 것 같다는 의사의 추측이 뜻밖이었다. 하지만 주위에 전혀 알리지도 않고 아들이 그 사실을 알까 봐 의도적으로 숨기고 태연하게 어머니로서의 역할만 할 뿐이었다. 몸이 붓고 통증이 있으면 남편에게 알려서 자신을 보호하고 꾀를 부릴만한데도 말이다.

　어머니는 태기가 병을 모르는 줄 알고 있었다. 태기도 어머니가 눈치채지 않도록 조심했다. 오랜만에 어머니와 도움되는 얘기를 나누었다. 태기는 이야기를 하다가 냉찜질 수건을 바꾸러 나가는 어머니의 뒷모습을 보고 눈물이 핑 돌았다.

　"엄마는 바보야! 중병을 앓고 있으면서도 왜 숨기고 그래? 병은 알리라고 했잖아. 할매 봐. 털끝만치라도 몸이 불편하면 할아버지뿐만 아니라 온 동네에 선전하고 다니잖아. 엄마도 그래 봐."

　태기는 중얼거리면서 졸린 듯 하품을 하고선 잠에 빠져들었다.

　"그래. 엄만 바본가 보다. 엄만, 니만 건강하게 커주면돼. 니만 믿고 지금까지 고생을 참고 견뎌왔으니까. 니가빨리 건강을 찾을 수 있다면 내가 뭘 못 하겠노?"

아들이 아픈 것을 자신이 아픈 것보다 더 아파하면서 밤을 새워 간호하고 있던 어머니가 중얼거렸다.

"니를 위해서 내가 입 다물고 죽어 지내는 거야. 그게 엄마 마음이지."

보릿고개 시절 먹을 것이 부족해 어머니와 같이 땔감거리와 산나물 뜯으러 다닌 일, 쥐불놀이하다 집을 태울 뻔한 일, 서리한 닭값을 대납한 어머니에게 회초리로 맞은 추억들이 주마등같이 스쳤다. 특히 여학생과 편지 주고받다가 들켜서 "너 죽고 나 죽자" 하던 어머니의 표정이 떠올랐다.

지금, 힘겹게 자식을 낳고 기르는 태기가 이제야 자식을 향한 이런 마음이 담긴 어머니의 눈물을 이해할 것 같았다. 의술이 발달한 지금이라면 어머니는 여전히 나와 함께 할 텐데, 하면서 어머니와 동갑내기 한 분이 생각났다.

소문을 듣고 부산서 입원하여 몇 달째 병상 생활을 하고 있는 환자를 정자 앞에서 만났다. 중증 후유증을 앓고 있는 데다 대장암이 겹친 복합질환을 앓고 있음에도 늘 '굿모닝' 하면서 영어로 인사 잘하는 아흔의 설순애 할머니였다. 삶에 대한 애착이 남달랐다. 그런 모습이 병원 분위기를 활기차고 화기애애하게 만들었다. 특히, 암이나 다른 만성질환을 앓고 있는 다른 이들에게도 소망을 갖게 하는 분위기

메이커였다. 그녀는 "굿모닝, 닥터 배." 하며 배 원장에게 악수를 청하면서 경쾌하게 말을 건넸다.

"파인, 미스 고, 앤듀?"

할머니는 일제강점기와 한국전쟁 시 피해자로 정식 결혼도 못 했고 자식도 없어 혼자서 지냈다. 의술과 시설이 좋은 세상에 초고령 할머니도 저렇게 누리고 사는데, 어머니는 왜 그토록 세상을 빨리 떠났을까. 숱한 역경 속에서도 맏며느리라는 역할로 큰 살림을 해나가면서도 자신을 드러내지 않고 이름 없는 별로 살았던 어머니의 살림 교훈을 조금이라도 이해하며 살아가는 며느리는 몇이나 될까.

육 남매를 위해 걸쌈스럽게 살다가 산수유꽃이 필 때 떠난 것도, 복합질환을 갖고 있었던 것도, 남편의 애틋한 사랑을 받지 못했던 것도 친구 어머니와 닮았다. 단지 고된 시집살이에 입 다물며 산 것과 관계 갈등으로 인한 울화병이 명을 재촉했던 게 다르다.

"바람 잘 날 없었던 가문에 자네 엄마가 입 다물며 꾹 참고 억척같이 살림을 살아왔기 때문에 지금까지 온 것이야."

어머니 장례식에서 툭 던진 어머니 친구의 눈물 섞인 말이 생생하다.

"자네가 진료실에서 언젠가 이렇게 말했지. 엄마는 엉겅퀴 인생을 살았다고."

흔히 엉겅퀴라고 하는 계향초는 잡초로 억세고 가시가 돋아 있어 혐오식물이지만 지혈, 간장병, 고혈압에 좋은 치료제인 '대계'라는 약물로 쓰인다. 또한 나물로 활용되기도 해 보릿고개를 넘던 시절 구황식물로도 귀여움을 받은 유익한 식물로 두 얼굴을 가지고 있다. 이리 밟히고 저리 찔려도 강인한 생명력을 무기 삼아 우아한 자줏빛 꽃으로 가시 속에 피어있다.

아버지가 세상 뜬 지 두 해가 지난 늦가을 어느 날, 어머니가 태기를 불렀다. 산수유 열매를 따면서 어머니와 마지막 정을 다지는 시간을 가졌다.

그날 저녁은 아들이 좋아하는 질벅한 보리밥과 된장찌개, 무생채와 열무 싹 그리고 고추장에 발라 구워낸 노가리였다. 어머니와 마주 앉은 추억의 밥상이 세상에서 모자로 살면서 아들을 향한 어머니의 마지막 사랑이었다.

밥상 앞에서 아들의 두 손을 꼭 잡고 믿음으로 두려워하지 말고 담대하게, 특히 우애 있게 살라고 말했던 어머니의 마지막 당부를 깊이 새겼다.

화려하고 예쁜 꽃무늬 도배지로 꾸민 방에서 잠시라도 여자로 지내고 싶어 했다. 남편이 그렇게도 기르고 싶어했던 사슴을 사달라고도 했다. 아들은 어머니를 껴안으며 눈물 섞인 말로 약속했다.

앞서간 선친들의 유지를 받들어 못다 한 의료와 복지를 통해 힘들고 어려운 사람들을 도울 것과 유명한 의사보다는 꼭 필요한 의사가 되라고 했다. 분노와 증오를 삼키고 배다른 어머니를 용서하라는 분부는 참으로 바보스러웠다.

평소 말이 없던 어머니의 사랑과 용서의 분부가 유언이 된 셈이다. 외롭고 힘겨운 짧은 나그네 길에서 죽음의 문턱을 수없이 넘나들 때마다 천국을 소망하며 하나님의 위로와 사랑의 힘으로 버티고 살아왔다는 어머니의 말이 이 땅에서 모자간 마지막 교훈이 되었다.

산소에서 아들은 어머니의 사진을 꺼내어 바보스럽고 순해 빠진 얼굴을 두 손에 올려놓고 냅다 소리 질렀다. 건너편 산 계곡으로부터 불어오는 바람 속에 메아리치는 소리가 아련하게 들려왔다.

"나는 괜찮아."

어머니는 엉겅퀴의 삶을 살아왔다. 척박한 땅에 뿌리를 내리고 톱니바퀴같이 날카로운 가시를 지니고 있음에도 단 한 번도 남을 찔러보지 못한 바보였다. 오히려 모진 시집살이의 가시에 찔려 자신은 붉게 멍든 잡초로 살다가 결국 자신의 온몸이 가시에 찔려 비명에 세상을 떠났다.

"엄마도 가시로 찔러. 엄마를 괴롭히는 사람들을 찔러. 그랬으면 일찍 죽지 않았지. 참지 말고 하고 싶은 말 다 했으면 아들이랑 서로 의지하면서 행복하게 살 텐데. 엄만 바보야!"

'태기야, 니가 내 못다 한 몫을 해주면 돼!' 하며 사진 속 어머니는 빙그레 웃고 있었다. 폰에서 조수미의 '어머니를 위한 노래'가 흘러나왔다.

"원장님 어디세요? 진료 예약 손님들이 밀려있어요."

간호사의 다급한 목소리가 들려왔다. 아차! 어머니 추억에 시간 가는 줄 몰랐다고 생각한 배태기 원장은 서둘렀다.

급히 차를 몰고 병원 입구에 들어서자 양지바른 길섶 한편에 낯익은 풀이 눈에 들어왔다. 어린 계향초가 바람에 흔들리는 몸짓으로 어른스러운 교훈을 주고 있는 것 같았다.

'오늘도 가시에 찔린 이들이 또 얼마일까? 그들이 가시에 찔린 내 어머니들이 아닌가?'

문득 이해인 수녀님의 시 「엉겅퀴의 기도」가 떠올랐다.

제가 필요한 곳이면
어디든지 가겠습니다

누구에게든지 가서
벗이 되겠습니다

참을성 있는 기다림과
절제 있는 다스림으로
가시 속에서도 꽃을 피워낸
큰 기쁨을 님께 드리겠습니다

불길을 지닌 사랑 속에서만
물 같은 삶의 노래를 부를 수 있음을
네게 처음으로 가르쳐 준 당신

모든 걸 당신께 맡기면서도
때로는 불안했고
저 자신의 무게를 감당하기
어려울 때도 많았습니다

일상의 잔잔한 평화와
고운 질서를 거부하고 달아나고 싶던
저의 보랏빛 반란이
너무도 길었음을 용서하십시오

이젠 더 이상
진심을 거부하지 않겠습니다
허영심을 버리고
그대로의 제가 되겠습니다

당신이 원하는 곳으로
저를 불러주십시오
참회의 눈물 흘린 후의
가장 겸허한 모습으로
모든 이를 사랑하게 하십시오

명의 이석간의 나라 사랑

"미친나? 땟꺼리가 없어 굶어 디지는데 무슨 고대광실이야?" 대장장이 김 씨가 말하자,

"그러게 말이야, 뒤새 길이나 좀 넓히지." 하고 너도나도 말을 거들었다.

"왜놈들이 쳐들어온다 카더라. 그런데 저런 아흔아홉 칸 집을 짓고 있으니, 임금이 미친 거 아이가?"

때는 조선 중종 말, 임진왜란이 일어나기 얼마 전 영천군(영주시) 뒤새라는 마을에 아흔아홉 칸 집을 짓는다는 소문이 널리 퍼졌다. 뒤새 사람들은 처음엔 청빈한 의원 이석간이 저렇게 큰 집을 지을 리 없다고 수군거렸다. 그러기에 사람들은 그에게 무슨 변괴가 생겼거나 가난하여 부잣집에

터를 팔았나 보다, 라고 생각했다.

한마디씩 내뱉는 소리에 백성들의 원성이 들어있었다. 수년째 민심이 흉흉했다. 가뭄으로 흉년이 지속되어 백성들의 건강도 악화일로였다. 내상질환, 외감병을 불문하고 돌림병이 도니 백성들의 생활고는 극에 달했다. 국토방위와 치안에도 외우내환이 심각했다.

한편 돈 가뭄은 물론 비축 식량까지 바닥이 난다는 소문이 돌았다. 일자리는 하늘의 별 따기였다. 금년 춘궁기는 보릿고개가 높아도 너무 높다고들 하면서 임금에게 화살을 돌렸다. 보리 추수는커녕 산과 들을 쏘다녀도 가뭄에 견디는 구황식물 찾기도 어려운 실정이었다. 나라가 이 지경이 되다 보니 공사장에 나붙은 방을 보고 모여든 사람들이 인산인해였다.

"작년 이후 이 의원이 안 보이던데 자네는 봤나?"

몰려든 사람 중에 죽령 풍기 끝자락에 사는 이 첨지가 순흥에서 온 박 영감에게 말을 건넸다.

"나도 못 본 지 얼추 이태는 돼가네. 그 후 큰 병이 없어서 제민루에도 안 왔지."

"아이요, 이 의원은 오래전 임금이 불러서 한양 갔다 그러던데요."

선비 차림을 한 젊은이가 거들었다.

"왜 갔다 카더노?"

"석간 의원이 용하니까 임금이 안 불렀을까요."

인부들이 모여서 웅성웅성하는 것이 못마땅해 쫓아온 감독 아전이 그 이유를 묻고 대답했다. 이석간 의원은 이태 전 관아에 방이 나붙고 나서 어명을 받아 명나라로 간 이후로는 정보를 잘 모르겠소, 하고 감독이 말했다. 그리고 6개월 전쯤 궐에서 이 집을 지으라는 영을 받았다고 했다.

"도대체 이석간이란 자가 누구요?"

듣고 있던 삿갓을 쓴 노인이 궁금해 물었다.

"댁은 어디서 왔소?"

"영월서 왔다오."

"에헤이 그라이, 명의 이석간을 잘 모르제."

이석간은 유학자이면서 의료인의 길을 간 올곧은 선비였다. 가문의 충의 정신을 이어받고 성리학적 가치와 도덕적 삶을 실천한 동방의 편작이었다.

학문적 선배인 퇴계 이황과 의료계의 후배인 허준 등 각계각층의 선각자들과 교류하면서 조선을 살기 좋은 나라로 만들어 가는 데 온 힘을 다한 유의였다. 중종 4년에 태어나 선조 8년 별세까지의 삶은 온통 백성들과 함께였다.

본관은 공주이고, 호는 초당으로 이진의 증손이다.

이진은 단종 왕위를 찬탈한 세조의 계유정난에 반대해 관직을 과감히 버리고 성리학의 대가인 안향 선생의 고향 영천(영주)로 입향한 백절불요의 양심가였다.

석간은 증조부의 핏줄을 이어가기 위해 학문을 연마하고 다방면의 재능을 키워나갔다. 충재 권벌 선생의 생질로 외가 등 친인척과의 두터운 관계에도 빌붙지 않았다. 비록 초근목피로 연명하지만 비굴하지 않고 당당하게 가난을 버텨내면서 공부에 매진했다.

선비들의 로망인 양반 지위나 권세 가도를 가기 위한 길보다 보통 사람들의 의료인으로 가는 꿈을 꾸기 시작했다. 당시 약방을 잘 내기로 유명한 지역 명의였던 김 의원과 침술 대가였던 권 의원에게 5년간 사사한 후 독학에 매진했다. 중국 의서인 황제내경과 상한론, 고려의 향약구급방과 조선 초에 출간한 향약집성방 등 의서들을 외우고 익혀나갔다.

부족하다 싶을 때는 조선 팔도 선배 의원들을 찾아가 배우고 경험을 쌓았다. 먼저 자신의 병약한 부위를 치료하면서 점차 가족, 친지 그리고 이웃 진료로 넓혔다.

석간은 영주 두서에 위치한 본가 초가삼간에서 무료로 의술을 베풀다가 자격을 갖춘 뒤 정식 의료기관으로 만들었다. 질병 퇴치에만 목적이 있지 않고 생명 존중의 기본 가치를 앞세우며 예방의학에도 관심을 쏟았다.

못 고치는 병이 없을 정도로 소문에 소문을 타고 명성이 널리 퍼져나갔다. 나아가 백성들의 다양한 질병을 치료하면서 얻은 경험을 기록, 분석하여 진일보한 신의술을 찾아나갔다.

하루는 한양 북촌에 반가 사람들이 희귀병을 앓고 있는 중년 여인을 가마에 태우고 천릿길을 달려 석간을 찾아와 울며불며 애원했다. 여인의 병은 하초의 피부가 닭발의 껍질처럼 딱딱하게 굳어 가는 희귀한 병이었다.

반가의 여인은 청상과부가 되어 시댁의 엄한 가풍에 갇혀 숨쉬기도 어렵다고 했다. 한양의 용한 의원을 다 찾아보았으나 소용이 없고 원인조차 모른다는 것이었다.

눈으로 볼 수 있는 모든 부위를 속속들이 살피고 귀로 들으며 냄새를 맡고 맥이 만져지는 곳을 죄다 짚어 나갔다. 이 의원도 측은히 여겨 도와주고 싶으나 의서에도 없는 병인지라 당장 처방을 내릴 수가 없었다. 한동안 말미를 받아 어떤 처방을 내릴지 깊은 숙고의 시간을 갖기로 했다. 인근 숙소를 매일 오가며 병의 상태 변화를 일일이 반복 관찰했다.

병력을 자세히 살펴본 결과 만성상태의 난치성 피부병인 태선(苔癬)으로부터 시작되었다고 유추했다. 내인성 원인 중

심인성, 음기와 양기의 불균형 그리고 일차 피부질환이 유인되었을 것으로 의견이 모아졌다. 증상은 심한 가려움이 지속되면서 박박 긁게 되니까 피부에 딱지가 쌓여 두꺼워지고 딱딱해진 것이다. 시간이 가면서 번질번질하고 주름이 지며 피부 색깔이 닭발처럼 된 것이다.

환자의 둔부, 하복부, 하지 전체에 검은 바늘 자욱이 수없이 나 있는 것은 극심한 가려움증으로 뾰족한 기구로 찔러 피를 낸 것이다. 이는 속으로 음기가 넘치는데, 오랜 독수공방으로 양기가 계속 밖에서 겉돌면 음양의 부조화로 새 피부, 새 살이 돋아나더라도 즉시 변이가 나타난다.

임상적 진단을 내린 즉시 침술로 간경(肝經)의 울체를 풀고 심과 신의 상호교제로 항상성을 유지하도록 해당 경혈에 온열 효과가 있는 뜸술을 시행했다. 피부 면역력을 증강시키고 어혈치료를 위해 정혈(淨血)요법으로 울체된 기혈을 순환시켰다.

음기와 양기의 균형을 맞추고 청간(淸肝) 해독하는 약처방이 정성스럽게 환자의 손에 전달되었다. 반복하기를 한 달여 만에 회복 기미가 보이기 시작했다.

집을 떠나 오래 있을 수가 없어 한양 자택에서 6개월 이상 치료받는 데 필요한 경과 기록지와 일체 진료 자료를 같이 보냈다. 입원의 형태를 띤 치료 결과에 대한 소문이 한양까지 퍼지고 발 없는 말이 도성까지 가게 된 것이다. 이 일로 이석간은 신의로 불리어졌다.

어느 날, 영천군 관아에 인이 찍힌 방 하나가 나붙었다. 붙은 방을 보고 있던 중년 남자가 중얼거렸다.

"대국의 어의들도 포기했다는 병을 이런 촌구석에서 누가 고친다고 저런 방을 부치누, 한심한 놈들!" 하고 서책을 들고 있던 선비가 빈정거렸다.

"그 양반은 할 수 있을걸."

"누구 말이고?"

"뒤새 이 의원 말이다, 그 양반이 몬 고치는 병이 있나?"

"카지 마라. 잘몬하면 그 양반 목 달아난다. 그 양반 죽으면 니 병을 누가 고쳐 주겠노."

풍기서 왔다는 사내가 걱정스레 대답했다. 석간은 방의 내용에는 별 관심이 없었다.

점심때, 동네 출신 아전이 찾아와 방의 내용을 덧붙여서 소상히 전했으나 석간은 여전히 무심했다. 교분이 두터운 아전이 재차 찾아왔다.

"이 의원, 어떡하겠노? 조정이 난처하다던데. 우리 어의와 용하다고 하는 이들도 자원하질 않고 겁을 내고 있다네."

"조선이 소국이라고 무시하잖아. 지금 역병이 돌 징조가 보이는 데다 제민루에 몰려드는 환자들을 보게. 아무리 대국에서 뭐라 해도 우리 백성이 우선이네. 최대한 이 자리를 지킬 것이구먼."

"자네 생각이 백번 옳으이. 크게 생각해 보게. 자네 마저 안 가면 조선 의술도 별 볼 일 없다 할 것이고 조정이 곤경에 빠질 걸세. 유의인 자네가 조선의 기개와 실력으로 우리 자존심을 세워 주게나."

우정으로 설득해도 마음을 돌리기가 쉽질 않았다.

그날 밤, 석간은 요상한 꿈으로 밤새 뒤척이다가 새벽에 철탄산에 올랐다가 길섶에 잠시 앉았다. 그런데 경사지에 잎이 여섯인 오가피가 이슬을 머금고 으름덩굴 속에서 고개를 내밀고 있었다. 정상은 잎이 다섯인데 여섯 잎을 보고 행운이 오려나 하고 기분 좋게 집으로 돌아와서 환자를 돌보았다.

소년기에 네 잎 토끼풀을 발견한 기쁨을 갖고 희망차게 기적을 일으키는 미래를 꿈꾼 적이 있어서 감회가 새로웠다. 틈이 나자 희귀질환에 쓸 처방 하나를 오랜 고민 끝에 마무리하고 이를 '석간방'이라는 자신의 경험 처방집에 옮겨 적고 있을 때였다.

"이석간 의원, 안에 계시오?"

관복을 입은 사람 둘이 급히 석간에게 어명을 받으라는

말에 황망히 나와 머리를 조아렸다.

"영천인 이석간은 속히 어전으로 들라."

석간은 큰절을 올렸다. 궁금해서 어명 집행관에게 물었다.

"대관절 어찌 된 일이요?"

"천하 명의가 조선 영천에 있다는 발 없는 소문이 명나라 황실까지 전해졌다 하오." 집행관이 부연했다.

"별도로 사례감 소속 환관장이 석간을 황제에게 적극 추천하였답니다. 이에 명나라 가정제 세종 주후총 황제가 사례감에 명을 내려 조선의 왕에게 이석간을 급히 명나라로 보내라고 한 것이외다."

어명에 따라 석간은 한양으로 올라갈 준비를 하지 않을 수가 없었다.

환관장 엄호는 고려인으로 명나라와 조선 사이에 조공의 품목인 인삼의 생산 과정과 조선의 성리학 수련장을 둘러보다가 급성복증으로 응급치료를 받고 큰 효과를 보았던 적이 있었다. 또한 사단칠정론(四端七情論)을 주제로 밤새우며 토론한 인연으로 석간의 고매함을 익히 알기에 자주 아뢰었던 것이다. 관아에서 출국 준비 점검차 석간을 방문했다.

"하루 말미를 주리다. 내일 아침 출발할 것이요."

"그리하겠소. 미리 알고 가야 할 내용을 자세히 설명해 주시오."

"아마 전하를 뵈옵고 명국 사례감에서 보내온 일정을 받을 것이요. 내가 들은 바를 덧붙이겠소."

내용인즉, 명국 황제의 모후가 몹쓸 병이 들어 남사스럽고 나쁜 소문이 날까 봐 두문불출한 지 오래되었다고 했다. 중원에서는 고칠 의원이 없어 조선 조정에 용한 의원을 요청했다는 것이다.

석간은 호위를 받으며 한양 경복궁에 도착했다.

복잡한 통로를 지나 편전으로 안내되었다. 문이 열리자 묵례를 하고 왕 앞으로 가서 큰절을 올렸다.

"전하, 만수무강하시옵소서."

"이 의원, 명성은 익히 들었소."

"신은 전하를 뵐 자격조차 없는 향촌의 민초일 뿐이옵니다."

"아니, 아니요, 이 의원이 짐과 조선의 체면을 살려주었소."

"천부당만부당하옵니다. 어지신 전하의 덕이 온 세상에 퍼져 있음이옵니다."

"짐이 왜 병약한지 아시오? 참 못 할 짓을 저질렀기 때문이요. 기묘사화(己卯士禍, 조광조 등 사림파가 훈구파의 반발로 숙청되는 당파간 정치적 사건)로 충신이었던 조광조를 비롯하여 여러 국보급 인물들을 멀리 보낸 후 악몽에 시달리고 있소. 그리고 권좌 주위에 붕당 갈등이 표면화되는 것이 제일 두렵소."

"결국은 전하의 덕이 태평성대를 이루실 줄로 아옵니다." 왕은 걱정이 되어 신신당부하였다.

"방문 목적은 명국 추존황제인 예종의 부인인 황태후의 난치병을 고치는 것이요. 조선의 앞날을 지나치게 걱정하는 건지 모르지만 명국을 우리 편으로 꼭 만들어 놓아야 하오. 왜국과 오랑캐들의 준동을 막기 위해서라도 태후의 병이 회복되고 황족과 유대도 잘해주길 바라오. 기한은 얼마든지 주겠소. 공무로 출국하는 것이니 체재 비용은 조정에서 책임질 것이요. 다만 주의할 것이 있소. 황제의 부인이 황후 빼고도 여든 명이나 있다 하니 더더욱 황족 간의 갈등과 대립이 심한 줄 아오. 언행에 각별히 조심하시오."

"분부 받들겠사옵니다. 맡겨주신 책임, 생명을 살리는 임무를 잘 수행하겠나이다. 전하, 부디 강건하시옵소서."

"이 의원, 부디 조선의 기개를 널리 펼치고 무사히 다녀오길 빌겠소."

역관을 불러 불편함이 없도록 명을 내렸다.

큰절을 올리고 착잡한 마음으로 궁을 나와 북경으로 향했다. 석간은 역관과 명나라 사신과 함께 경호를 받으며 자금성을 향해 가는데 장애물들은 다소 있었으나 공식적인 초빙이어서 그리 신변의 위험은 없었다.

여러 날 걸려 석간은 압록강을 건너 북경에 도착했다. 과연 천하를 호령하는 천자의 황궁 자금성은 소문대로 웅장하고 화려했다. 봉천전 정문 앞에서 환관장 엄호가 환영했다. 영접실에서 잠시 숨을 돌렸다. 일정은 그때그때 알려주고 요동 출신 고급 통역관이 수시로 동행할 것이라고 했다.

황제의 성품이 급하고 돌출적이기 때문에 개의치 말기를 강조했다. 숙소는 국빈 예우로 자금성 영빈관이며 체류 기간은 태후의 완치 판명이 날 때까지로 장기간을 잡았다.

전 안으로 들어 석간이 예를 갖추려고 하자, 황제는 아는 체하지도 않고 재주를 부리는 광대의 놀이를 구경하고 있었다. 궁녀가 찻잔을 가지고 오자 갑자기 난쟁이 황제는 찻잔을 광대에게 던지며 벌컥 화를 냈다. 그리고 무엇이 마음에 안 들었는지 광대의 등줄기를 사정없이 손에 들고 있던 가죽 채찍으로 매질을 했다. 광대의 등은 금방 피로 붉게 물들었다.

같이 구경을 하던 대신들과 궁녀들이 겁에 질려 벌벌 떨며 머리를 조아렸다. 임인궁변(壬寅宮變, 학대를 당한 궁녀들의 황제 시해 목적 반란)을 겪고 목숨을 보존한 황제는 의심이 많아지고 마음을 닫아 더 난폭하게 된 듯하다.

엄호가 조선의 명의 이석간이 도착했음을 고하자 황제는 염소수염에 원숭이 같은 얼굴로 석간을 노려보며 이렇게 말했다. 조선에서 온 그대는 못 고치는 병이 없다 들었다. 짐의 모후가 난치병으로 오랫동안 여러 나라 명의란 자들에게 다 보였으나 고치지 못하였다. 그래서 소국의 그대를 불렀노라. 짐의 목숨보다 귀한 분이니 최선을 다하라. 고쳐주면 무슨 소원이든 다 들어줄 것이나 못 고치면 참형에 처할 것이다.

폭군 황제의 말에 석간은 배알이 뒤틀리고 가슴이 쿵쿵 뛰었다. 명나라 황제 주후총은 재위 45년 동안 82명의 부인을 두었기에 통치에 집중하지 않았고 무능하며 잔인한 폭군이었다. 또한 도교에 깊이 빠져 현실과 동떨어진 행동을 밥 먹듯이 하는 기인이었다.

황제는 엄호에게 이 의원이 장장 사천리 먼 거리를 왔으니 며칠간 여독을 풀고 별도의 명을 기다리라고 했다.

모후 진찰을 시작하라는 황제의 영이 떨어지기 무섭게 엄호가 석간을 데리고 호화 별궁으로 갔다. 여러 문을 거쳐 모후가 와병 중인 곤녕궁으로 안내되었다. 가는 동안 자금성의 규모와 위세에 눈이 휘둥그레지는 것이 아니라 오히려 목적이 이끄는 여정이어야 한다는 석간의 의지는 변함이 없었다.

석간이 도착하여 침소 밖에서 바라보니 모후가 환갑이 지났는데도 얼굴이 달덩이 같고 손이 부었는지 통통하고 피부가 백옥 같았다. 그리고 눈만 멀뚱멀뚱하고 있을 뿐 말문이 닫혔고, 몸을 움직이기는커녕 눈꺼풀을 내리는 데도 힘이 드는 듯했다. 모후의 좌우 손은 바닥에 펼쳐져 있었다.

석간이 한참 동안 서 있는데 황제가 납신다는 소리가 들렸다. 황제가 후다닥 모후 옆으로 가서 의녀에게 진맥 준비를 시켰다. 모후의 손목을 두른 가느다란 명주실을 건네준 황제는 진맥하라고 했다. 그리고 다짜고짜 병명을 물었다. 석간은 기가 막혀 말문을 열지 못하였다.

침묵이 흐르자 시급히 처리해야 할 일이 있다고 벌떡 일어선 황제는 석간을 쩨려보면서 진단이 내려지는 대로 부를 터이니 그리 알라고 다그쳤다.

석간은 짊어지고 온 의서들을 죄다 살피고 찾아보았다. 문을 닫아 잠그고 장고에 들어갔다. 이젠 진퇴양난이구나, 하고 영천에 있는 아내와 자식들을 떠올렸다.

미로 같은 낯선 황궁에서 어찌할 수도 없었다. 위기가 닥칠수록 원칙과 정도를 택한다는 소신에는 변함이 없었다. 그런데 비몽사몽간에 이런 생각이 들었다. 모후는 예종이 죽고 긴 세월을 청상과부로 지냈다고 한다. 석간은 몇 년 전 한양 북촌에서 온 젊은 과부인 이 참판의 딸을 생각했다. 모후도 그녀와 비슷한 병의 뿌리를 가지고 있으나 나타나는 증상은 서로 다르다고 예진하였다.

석간은 약 처방은 면전 진찰을 한 후에 내리는 게 옳다고 생각했다. 환관장이 찾아와서 황제의 편전에 들라 했다. 석간이 황제 앞에서 예를 다했다. 그리고 머리는 꼿꼿이 세우고 가슴은 억눌렀다.

"석간은 들으라. 처방이 다 되었느냐? 모후에게 올려드렸느냐?" 난쟁이 황제가 석간을 노려보며 말했다.

"폐하, 제대로 진찰도 못 했는데 어찌 처방이 나오겠나이까?"

"무엇이라고? 진맥을 하지 않았느냐?" 황제가 버럭 화를 내며 고함을 질렀다.

"폐하, 그건 문전 예진일 뿐이옵니다. 면전 진찰을 허락하셔야 병을 정확하게 진단하옵니다." 석간이 머리를 쳐들며 대답하자,

"소국의 하잘것없는 의원 놈이 감히 황태후의 몸에 손을

대겠다고?"

난쟁이 황제가 펄펄 뛰며 가죽 채찍으로 옥좌를 내리치며 소리쳤다. 마치 수염원숭이가 우리 속에서 날뛰는 것 같았다.

"폐하, 실이나 면포를 이용한 간접 진찰로 어찌 정확한 처방을 할 수 있겠습니까? 황태후의 옥체가 귀하신 만큼 정확한 진단을 위해 면진을 하도록 윤허하시옵소서."

석간은 오기가 생겨 꼬장을 부렸다. 영천에서 사오천 리 길을 오랜 시간 동안 걸려 베이징까지 왔다. 그런데 황제가 하는 짓을 보니 제 어미 병을 고쳐주고 싶은 마음이 없어지려고 했다. 병을 고쳐줘도 살려 줄 것 같지 않았다. 어차피 죽은 목숨이었다. 심통을 부렸다.

"뭐야!"

황제가 옥좌에서 벌떡 일어서며 보검을 빼 들었다. 그리고 내가 네놈 목을 직접 베리라, 하고 다가섰다. 석간은 오기가 생겼다.

"폐하, 죽이든지 살리든지 맘대로 하시옵소서. 소인은 이만 조선으로 물러가옵니다."

석간은 벌떡 일어나 편전을 걸어 나갔다. 그리고 생각했다. 어차피 죽은 목숨이었다. 동이족이라고 멸시하는 대국의 황제에게 조선인 유의의 기개나 한번 보여주고 죽자는 생각이 들었다. 이러다가 혹시 고국에 누를 끼치는 것은 아닌가, 하는 걱정도 되었다.

"폐하, 고정하시옵소서. 황태후를 살릴 수 있는 마지막 기회가 아니옵니까? 태후가 중요하옵니까? 법도가 중요하옵니까?"

엄호가 다급하게 황제에게 고하자, 그는 잠시 침묵했다. 그리고 석간에게 이렇게 말했다.

"네 놈이 여섯 달 안에 모후의 병을 고치면 높이 올리겠노라. 아니면 네놈의 몸뚱이를 산산조각 낼 것이니라."

다시 모후한테 갔다.

확진을 위해서는 맥진뿐만 아니라 망진(望診, 바라봄), 문진(問診, 물음), 문·청진(聞·聽診, 환자 몸에서 나는 소리를 듣고 냄새를 맡음), 절진(切診, 만져봄) 등 다양한 방법을 동원하여 전신의 이상 유무를 찾아 그 결과를 종합하여 판단한다는 자신의 소신을 보인 것이다. 모후 진단에 관한 사항은 용인된 것으로 이해한 석간은 본격적으로 진찰을 시작했다.

공주와 의녀가 번갈아 가며 도움이 될 오래전 병력과 수년간의 병세를 설명했다. 진단에 결정적인 단서를 찾아내려고 장시간 병력을 시시콜콜한 것까지 묻고 답을 얻어냈다.

못다 한 망진을 이어나갔다. 모발부터 발끝까지 훑었다.

양 종아리 아래가 거북이 등껍질같이 딱딱하게 굳어 있었다. 치아와 혀, 침과 가래 그리고 대소변의 상태를 살폈다.

양해를 구한 후, 태후의 몸에 직접 손을 대면서(切診) 진찰해 나갔다. 몸의 각 부위가 냉한지 열기가 있는지 촉진하였다. 흉곽과 복부를 교대로 타진했다. 이리 눕혔다 저리 제쳤다 하며 직접 두드리고 당기고 눌러보았다.

양쪽 발목은 피부가 두껍고 단단해 진맥이 불가한 대신 양 손목의 맥을 세밀하게 짚고 양쪽 경동맥의 상태도 살폈다. 그리고 심장과 폐호흡 소리와 복강 내 소리를 들어보았다. 또한 입과 대소변이 고약한 냄새가 나는지를 맡아보았다.

증후군은 북촌 여인과 유사하나 심한 심인성 장애가 합병증처럼 나타나는 점이 달랐다. 예후가 더 좋지 않았다. 그도 그럴 것이 아들을 황제로 앉히기 위해 목숨을 건 각고의 고통으로 심리적 공황, 정신 붕괴가 일상이 되었을 것이다.

우선 장침과 뜸과 도인법으로 경락을 소통시켰다. 처방은 북촌 여인에게 썼던 경험방에다 추가했다. 최고로 치는 조선의 풍기인삼을 군(君)으로 선보(先補)하고 음독(陰毒)을 푸는 약재를 넣어 후치(後治)할 요량으로 직접 불의 강도를 조절하면서 달였다.

시간이 흘러갔다.

그렇게 공을 들인 일곱 달을 지나면서 서서히 독기가 빠져나가면서 기력을 차리기 시작했다. 피부색이 조금씩 돌아왔다. 아울러 칠정간의 과불급 상태의 심각성을 설명하고 평정심을 가지라고 했다. 용서하는 마음이 으뜸이고 감사하는 마음이 버금이라고 강조했다.

늘 즐거워하고 측은지심으로 상대방을 대하고 걷기 등 재활운동에 힘쓰고 식단을 개선하도록 권유했다. 또한 동트는 햇살을 자주 받고 피부가 건조하지 않게 보습을 게을리하지 않도록 했다.

장 공주에게는 태후마마께 웃음을 자아내는 이야기를 부탁했다. 공주가 '선녀와 나무꾼'과 '견우와 직녀'의 옛 중국 설화를 동화풍으로 멋들어지게 웃기자, 태후가 드디어 얼굴에 미소를 띠고 딸과 석간을 번갈아 보는 것이었다.

공주는 병들고 한 번도 웃음이 없었던 모후를 보자, 석간에게 연신 고개를 숙여 감사하고 양손으로 심장을 그렸다. 시간 나는 대로 매일 한 번 이상 웃음치료를 계속하면 치료에 도움은 물론 궁궐의 분위기도 밝아질 것이다.

모후가 전신에 기혈이 돌자 손발이 따뜻해지고 부기가 가라앉고 붉은 빛이 보이기 시작했다. 점차 밥맛을 찾고 조금씩 식사량이 증가했다. 근력이 생겨서 누웠다가 혼자서 일어나 앉는 데 성공한 날 황제가 마침 동석했다. 황제가 박수를 요란스럽게 치면서 뭐라고 소리를 질렀다.

그리고 석간에게 물었다.

"향후 치료계획이 어떠하냐?"

"두렵건대 정확히는 아뢸 수 없사오나 대략 서너 달 후에는 수레에 앉을 정도가 될 듯하옵니다. 그때 수레를 타시고 나들이가 가능하옵니다. 이어서 여섯 달을 부지런히 노력하시면 지팡이를 짚고 홀로 다니실 수 있사옵니다. 가장 중요한 점은 도인안교(導引按蹻, 안마·지압·마사지 등으로 몸을 누르고 주무르는) 치료를 병행하실 것과 합병증을 예방하는 것이옵니다."

"과연 그대는 예지와 혜안까지 가졌도다. 특히 도인안교는 뼈와 근육의 재활을 도와주는 의술이 아니더냐? 다들 듣거라. 이 의원이 우리 가족이 되는 데 손색이 없도다. 모두 이 의원을 가족의 예로 대우하라."

황제가 석간을 어전으로 다시 불렀다. 유의 이석간의 선비정신과 조선의 의학이 국제적으로 진가를 발휘하는 순간이었다.

"이 의원, 그대를 잠시나마 불신했던 점을 사과하니 용서하라. 과연 소문을 듣던 대로다. 화타와 편작과 겨룰 명의

로다."

석간을 국빈 의전으로 대우하도록 다시금 명을 내렸다. 소원을 묻자 평소 청빈한 선비인 석간은 거절했다. 하지만 강권하여 수년 있게 하면서 석간을 어의로 두고자 갖은 계책을 내놓았다.

꽉 짜여진 일정을 끝내고 환궁하면 밤늦도록 연회로 일지를 쓸 수 없을 정도로 분주했다. 그러다 보니 자유롭지 못하고 불편하여 부담스럽기까지 했다. 하지만 조선의 훗날을 위해 우호세력이 될 관리들과 교분을 두터이 하는 데 게을리하지 않았다.

시간이 갈수록 아들이 눈에 밟혔다. 고생하고 있을 아내의 모습과 제민루에서 기다릴 환자들의 표정이 꿈속에 보이곤 하니 자책감마저 들었다. 어렵게 구한 의서들과 고향에서 진료 시 필요한 도구들을 포장하고 뜰로 나왔다.

간밤에 꿈이 하도 요상하여 귀국 계획을 세우며 상념에 빠진 아침이었다. 뜰에서 동쪽 하늘을 바라보고 당파싸움과 외세의 틈바구니에서 풍전등화와 같은 고국을 걱정하고 있는데 뒤에서 온화한 목소리가 들려왔다.

"이 의원, 참으로 좋은 아침이구려. 덕분에 이렇게 아침 햇살을 즐기며 상큼한 공기를 마실 수 있어 고맙소. 그런데 여기서 뭘 하고 계시오?"

"태후마마, 저 떠오르는 해를 바라보고 있던 참이옵니다. 이렇게 씩씩하게 나들이 나오셨나이다. 감축드리나이다. 폐하와 마마께서 지극정성을 드려 하늘이 감동하셨나이다."

"조선의 해보다는 명나라 해가 훨씬 크지요?"

"어찌 그리 생각하시옵니까?"

"땅덩이가 크고 백성의 숫자가 많으니 커야 하지 않겠소?"

"그도 그럴듯하옵니다. 하지만 해는 대국이나 소국이나 대인이나 소인이나 공평하게 비추는 줄 아옵니다. 조선의 해가 작게 보이는 것 같으나 햇빛은 더 강하옵니다. 그러기에 그늘이 더 드리워진 곳을 위해 의료와 복지제도가 잘 갖추어져 있사옵니다." 주목적인 모후 치료 결과가 좋아지자 양국의 유대관계를 청하였다.

"아침의 나라 조선은 백의민족이라 평화를 좋아하다 보니 주위 강대국들의 침략이 끊이지 않았사옵니다. 세상을 밝히고 밝은 나라를 만들어 가시는 황제 폐하께 양국 간의 우애를 돈독히 해주시기를 간곡히 바라나이다." 모후를 부축한 황제와 장 공주가 한마디씩 거들었다.

"석간은 그 용기가 어디서 나오느냐?" 황제의 말을 공주가 상냥하게 이었다.

"이 의원님이 계속 옆에 계신다면 얼마나 좋을까요. 아니 그렇습니까, 폐하?"

개망나니라도 진지한 대화에 경청하더니 여러 분야에서 총명한 장 공주더러 석간과 관련 대신들과의 관계를 돈독히 할 수 있도록 적극 도와주라고 했다. 문예와 천문에 밝은 동생을 아끼는 가족애가 남다른 황제가 연회를 열도록 다그쳤다.

"며칠 있으면 공주 생일이기도 하고 모후의 회복을 축하하는 자리를 서둘러라. 이 의원은 꼭 참석하라."

공주가 황제의 영을 빌미로 석간과의 사이를 더 좁혀 들어갔다.

공주가 석간을 마음에 두고 있음을 안 모후는 그를 부마로 들이려고 갖은 방법을 써 왔으나 석간은 꿈쩍도 안 했다. 큰 연못에 둘러싸인 별궁은 아름다웠다. 이번이 좋은 기회였다. 덕담을 나누고 황제와 환관장이 모후를 부축하기 위해 일어설 때 모후가 속삭이듯 말을 꺼냈다.

"저 비혼주의자가 석간에게 마음이 온통 빼앗겼구려."

"혼기가 한참 지나가고 있어 시류를 탈까 봐 걱정입니다."

동생을 걱정하면서 어마마마가 숨기는 속 이야기가 궁금해 말한 것이다. 혹시 공주가 대식하는지, 아예 남자를 혐오하는지 아니면 성불구인지를 숨기지나 않나 걱정한 것이다.

"결혼시킵시다."

황제가 쉽게 말을 뱉었다.

이윽고 석간과 공주만 남게 되었다. 잠시 침묵이 흘렀다. 공주가 미소를 지으며 먼저 말문을 열었다.

"조선의 소백산 아래 선비 명의가 계신다는 걸 일찍이 들었소. 황제 앞에서도 죽음을 두려워하지 않고 정도를 보이신 이 의원의 기개에 반했소. 그리고 모후를 고쳐주셔서 참으로 고맙소. 조선에 가지 마시고 여기서 큰 꿈을 이루어보시오. 제가 도와드리리다. 친구로… 호호호… 아니면 오누이로."

"공주마마, 신은 '붕우유신(朋友有信)'은 물론 오륜을 지킬 자신이 없는 놈이옵니다. 또한 감히 어찌 공주님의 오라버니가 될 수 있겠습니까?"

"황제께서 이 의원을 가족이라 하셨으니 드리는 말씀입니다."

공주는 개의치 않고 자신의 마음을 주고 싶다는 의미인지 끼고 있던 옥반지를 장난치듯 휙 빼어 석간에게 끼워주었다. 왈가닥 공주이지만 이마저 뿌리칠 수는 없었다. 공주는 줄곧 석간의 목줄을 당겼다. 수시로 숙소에 불쑥 나타나는가 하면 시간을 떼어 놓기가 여간 힘들지 않았다.

황제의 영이 급하므로 장 공주가 책임자들을 모아서 의논한 결과 사흘 후 곤녕궁에서 황태후 무병장수 축하연에 장 공주의 생일 축하를 겸하기로 했다.

사흘 뒤, 연회가 한창 무르익어 취기가 돌 때 황제가 석간을 앞으로 불러 세워 모후에 대한 노고에 치하하고 아울러 장 공주의 서른 번째 생일을 축하했다. 장 공주 또한 모후에 대한 석간의 정성과 인품을 칭찬하고 명나라 유명한 시인인 고계의 「매화시」를 맑은 목소리로 낭독했다.

석간도 질세라 고계의 한시 「꽃을 보니 죽은 딸 서가 생각나서」를 이어 읊었다. 청중이 수근거렸다. 과연 조선의 고계로구먼, 하며 고개를 끄덕였다.

장 공주가 석간에게 시 하나를 더 재청했다. 석간은 잠시 고개를 숙여 침묵하다가 화담 서경덕의 시조 「마음이 어린 후이니」를 읊었다. 선배 학자의 순수하고 진정한 사랑 이야기를 표현하는 석간의 몸짓이 청중을 사로잡았다. 시조의 내용을 설명하자 청중은 저마다 조선의 문학과 음악의 수준에 압도되었다.

읊은 내용을 듣고 조선에도 저렇게 순수한 사랑 스토리가 있구나, 하고 공주는 콩닥거리는 가슴을 억누르면서 석간에게 눈빛을 보냈다. 멋들어지게 보여준 일로 자금성이

들썩했다. 아침의 나라 문화의 세계화 단초가 된 셈이다. 예의를 갖추어 소국의 문화를 극찬하는 모습은 망나니가 아니라 일면 대국적인 품위를 가진 황제로 보였다.

"폐하, 황송하옵니다."

"모후의 회복이 그대 손에 있다. 몇 년이 걸려도 다 고쳐주기 전에는 귀국할 수 없느니라. 그만큼 아국에 끼친 영향이 작지 않다 하겠다. 그대는 귀국의 고위관직을 사양했다 들었다. 아국에서 괜찮은 자리를 맡아 달라. 안 그래도 친동생 장 공주가 문리와 예능에 능한데 공주와 협력해 양국의 문화 교류에 힘쓰라."

진심 어린 제의를 듣고 석간은 황제가 참 외롭다는 생각이 들었다.

계절이 바뀌었어도 업무는 더 많아졌다. 부수적인 일도 적지 않아 늦은 오후가 되니 피로감이 엄습해 오는 날이었다. 조선식 식사를 할 수 없고 고량진미 식사가 더 부담스러웠다. 퇴궐 무렵 석간이 업무를 마무리하다가 잠시 눈을 돌려 고국 쪽을 바라보며 상념에 잠겨있을 때였다.

먹구름이 끼어 어둑어둑한데 비를 맞으며 종종걸음으로 오는 사람이 보였다. 환관장 엄호였다. 다급한 목소리로 조용한 곳으로 가자고 했다.

"이 의원, 태후마마가 호전되고 있다는 소문으로 황궁이 떠들썩하오. 제일 기뻐하는 이는 황제이시고 다음이 주위얀 장 공주예요. 과연 조선의 의학이 최고." 고려인 엄호가 엄 지척했다.

"환관장님 덕분이지요." 엄호를 치켜세우며 왜 왔는지 물 었다.

"황족 독살 의심 사건을 해결해 주시오. 극비요. 황실 부 인들과 모후 간 갈등으로 황제의 조카 한 분이 겉으로 드 러난 원인 없이 생긴 사망 사건이요. 황제는 부인을 많이 두었기에 어느 편을 들 수 없어 어느 편에도 치우치지 않을 이 의원이 검시하도록 특명을 내리셨소."

위험한 고민이었다. 일단 밤이 맞도록 계획표를 짰다. 황 제의 기행을 봐서도 믿을 어의가 없을 거라 생각했다.

황제의 가족 간 사건이라 그 어미를 밝히지 않고 안치 된 시신만 보여주었다. 사인을 밝히기 위해 신중하게 검안 을 진행했다. 법의학서인 『신주 무원록(新註無寃錄)』의 지침 에 따라 시신이 보존된 상태에서 겉으로부터 안으로 초검 을 시작했다.

검안 상 팔뚝 부위에 긁힌 자국 몇 군데 빼고는 특이한 사항은 없었다. 다음 단계로 은수저 검안법을 시행했다. 목 구멍에 은수저를 번갈아 넣어 잔유 점액을 채취하였으나 검은색으로 변하지 않고 그대로였다. 그리고 인절미 크기의 찰밥을 이겨서 꼬챙이로 끼운 다음 목구멍에 넣었다 빼서 닭이 주워 먹게 했으나 닭은 멀쩡했다.

황족 사이에 벌어진 살인은 상당수 독살사건이라 여간 조심스럽지 않았다. 술지게미와 식초를 준비해 달라고 하고 부검 여부를 환관장과 논의했다. 복부를 절개하기 위해 침상 옆쪽으로 돌아서는데 다른 침상 위에 벗겨 둔 곤룡포의 은색 용보에서 불빛에 반사되어 반짝이는 무언가가 눈에 들어왔다. 자세히 살펴보니 붉은 가루가 묻어 있었다. 석간은 엄호를 재차 급히 불렀다.

"결정적인 증거가 될 가능성이 있다고 설명한 뒤 지금까지 앓고 지내왔던 내력을 자상하게 알아봐 주시겠소?"

"알았소."

엄호는 한동안 고민 끝에 보모상궁을 조용히 불러서 비밀리에 담당 의녀를 비롯한 관계자들을 만나 질병이나 증상을 중심으로 알아보도록 했다. 어딘가 다른 편이 숨어 있을지 모르기에 신신당부했다.

이튿날 엄호가 기록지를 석간에게 건넸다.

폐위 후에 세상을 등진 어머니와의 마음 아픈 이별을 겪고 공격적인 자폐증상을 보이면서 늘 혼자였다. 경련이 잦았고 우울했으며 잘 놀라고 헛소리를 많이 했다. 죽기 얼마 전 사지 무력감이 심하고 언어장애가 있었다고 기록되어 있었다.

다시 엄호와 논의하였다. 의녀에게 망자의 방에 자주 드나든 다른 의녀나 궁녀가 있는지 탐문을 부탁했다.

이틀이 지나서 그렇다는 답이 왔다. 갑자기 죽자 급한 나머지 부랴부랴 두고 간 훈증기구 하나를 증거물로 가져왔다고 했다. 붉은 가루와 훈증기구는 결정적인 증거물이 되었다. 붉은 가루는 수은이 섞인 광물질, 일명 경면주사(鏡面朱砂)로 의심되는데 과량 또는 장기 복용시켰을 것이다.

그렇게 해도 죽지 않으니까 마지막으로 그것을 가열하여 증기를 흡입하게 했을 것이다. 그 결과 급성 폐 손상이 생겼다. 이미 뇌와 각 장기에 연결된 신경이 소리 없이 말라 죽어 가고 있는 데다 덮친 것이다. 수은 중독으로 인한 다발성병증이었다.

따라서 사체검안서에서 여러 정황으로 보아 피해자가 자살한 것이 아니고 타의에 의한 고의적 살인 즉, 독살사건으로 결론지었다.

계절이 또 바뀌면서 모후는 혼자 자유롭게 활동할 만큼 회복되어 갔다. 따라서 치료 시간이 줄어드는 대신 다른 일들로 눈코 뜰 새 없었다. 어의들과의 회합, 황족들과의 상담, 장 공주와의 동행, 연회 참석 그리고 의학정보 및 의서 수집 등 일정이 꽉 짜여있었다.

끝내 일중독이 향수병을 불러일으켰다. 뙤약볕이 내리쬐는 정오 시간임에도 머리를 식히러 업무를 잠시 내려놓고 밖으로 나왔다. 석간은 매미 소리가 나는 곳으로 발걸음을 옮겼다. 연못가였다. 오늘따라 고향의 소리로 들렸다. 아니 마음의 소리였다. 모처럼 망중한을 즐기며 접부채를 폈다 접었다 하면서 땀을 식혔다. 귀국일은 언제, 귀국 후의 삶은 어떡해, 하고 현실의 문제를 되뇌면서 물가를 거닐고 있었다.

긴 수로를 따라 큰 나무는 별로 없이 작은 나무들이 듬성듬성 서 있었다. 고만고만한 도토리들이 서로 키를 재고 있는 듯했다. 세상을 호령하는 별난 황제가 거처하는 곳치고는 고요한 자금성이었다. 자금성은 웅장하고 궁들도 크고 많았다. 그러나 뜰은 삭막하기 그지없었다.

집안에는 사람이 많은지 모르지만, 뜰이 너무 넓어서 오가는 사람이 상대적으로 적어 보여서 그럴 것이다. 인정도 그럴까? 남들은 황제의 가족에 대해 이러쿵저러쿵 말들이 많지만 그나마 사람 냄새를 피우며 안팎에서 엄숙한 분위기를 홀로 부드럽게 만들려고 하는 장 공주가 애처롭게 보이곤 했다.

그때였다. 물가로 내려오고 있는 궁녀 한 무리가 저만치 눈에 들어왔다. 가까이 오더니 대열 중간에 누가 두 팔을 높이 들어 흔들면서 석간을 불렀다. 장 공주였다.

"공주마마, 그간 안녕하시온지요?"

"이 의원께서는 여기서 무얼 하고 계시나요?"

"이곳 매미가 고향 매미하고 같은지 보려고요. 앉아 있는 것은 못 봤지만 푸드득 하며 날아갈 때 맴 소리를 내는 놈을 봐서는 크기가 같더이다."

"양국의 해와 매미가 같듯이 우리도 똑같은 사람이고 똑같이 끌리는 감정을 갖고 있단 말이에요. 이 의원님!" 궁녀들을 멀리 물리고 둘이서 돌 위에 앉았다.

"참, 접부채의 그림과 글이 궁금했어요."

공주는 주자학에 관심을 두면서도 쑤저우 오문화파 거장에게 사사했던 문예가였기에 매사에 관심이 많았다.

"선비와 매미가 소나무를 중간에 두고 글 나누기를 하는 중입니다. 서로를 공존하는 생명체로 벗으로 여기는 선비의 덕목이 돋보이는 풍경이지요. 다섯 가지 덕목이 선비와 매미를 친구로 만든 셈이지요. 배경의 한옥은 성리학의 조선 대가 회헌 안향 선생님의 위패를 모신 백운동서원(후에 최초 사액서원인 소수서원으로 바뀜)입니다."

"그럼 이 의원 같은 선비를 키우는 곳이겠네요. 실은 선비가 누구인가를 이해하고부터 백의민족 속에 섞여 조용히 살고 싶어졌어요. 오라버니 인품과 인정이 제 마음을 움직인 것도 사실이고요."

"황공하오."

"어마마마의 회복과 조카 사망의 진실을 밝혀주셔서 너무너무 고마워요. 앞으로 이 은혜를 두고두고 갚을게요."

두 사람은 누가 먼저랄 것도 없이 두 손을 꼭 잡았다. 그리고 미소 머금은 얼굴을 바라보며 서로에게 격려와 위로의 마음을 나누었다. 감정의 교류를 나누는 시간이었다.

"오라버니의 발을 더 이상 붙들지는 않겠지만 길을 잘 갈 수 있도록 하늘님께 기도할게요. 주위얀이 항상 옆에 있다는 걸 기억해 주세요. 황궁은 황제의 자리를 놓고 벌이는 살벌한 전투장이에요. 하루도 바람 잘 날 없어요. 똑똑한 척하는 순간 감시받아요. 저도 감시받겠지요. 그래서 여기를 벗어나고 싶지요. 그리고 자유롭게 사람답게 살고 싶어요." 그 말이 진심이라는 것을 느낄 수 있었다.

"말을 낮추라는 분부대로 그대를 동생으로 벗으로 영원히 가슴에 새길 것이오." 석간의 말이 채 끝나기도 전에 어린 궁녀가 헐떡거리며 다급히 뛰어왔다.

"장 공주마마, 환관장님이 이 의원을 속히 황제 폐하 전에 드시라는 분부시옵니다."

황제와 모후는 석간을 여러 날 동안 집요하게 설득했다. 눈이 번쩍 뜨일 만한 당근도 제시했지만 석간은 사양했다. 대신 자주 왕래하면서 자신의 도리를 다하겠다고 약속하고 귀국이 결정났다.

대쪽 선비를 더 이상 만류할 수 없었기에 황제는 그제야 한양까지 가는 데 필요한 용품과 선물을 가득 실어주고 어인이 찍힌 상시 출입 호패를 만들어주었다. 마병들이 호위한지라 귀국길이 훨씬 빠르고 안전했다. 장 공주를 국경선까지 동행하도록 허락한 것도 큰 배려인 셈이다.

석간이 귀국하자 궁궐이 떠들썩했다. 영의정에게 안내되었다. 영의정이 반갑게 맞이했다. 왕이 병중이어서 귀국 만찬회를 가질 분위기가 아니었다.

"이 의원, 이리 가까이 앉으시오. 우선 전하의 하명을 전하겠소이다. 정말 훌륭한 일을 해주셨소. 유의로서, 선비로서, 애국자로서의 업적을 주상전하 전에 올리겠소. 먼 여정에 피로하실 터이니 쉴 곳을 마련했소이다. 하루 이틀 편히 머물다 가시오."

"이 모든 결과는 전하와 조정의 한없는 덕치로 말미암았음이나이다. 여기 황제가 전하께 드리는 친서와 사례품을 올리나이다." 영의정이 받아 도승지에게 주고 말했다.

"전하께서는 옥체가 불편하셔서 쉬고 계신 지가 꽤 여러 날 되셨소. 이 의원의 귀국을 물어오셨소. 직접 환대해야 하는데, 하시면서 대신 예를 다하라고 하셨소. 어전회의 때 귀국 특별 보고 시간을 갖자고 하셨소. 조선의 이름을 드높인 노고를 치하하시고 신분을 더 높일 방도를 찾아보라 하셨소."

석간이 뒤새에 도착했다.

깜짝 놀랐다. 자신의 초가집이 온데간데없었다. 고래등 같은 아흔아홉 칸의 기와집이 있지 않은가? 이게 어떻게 된 건가? 석간이 놀라 아니 부인, 우리 집도 아닌데 부인이 어찌 여기 있소 하자, 명나라 황제가 하사한 집이라고 했다.

마중 나온 부사와 군수가 그 광경을 보고 빙그레 웃을 뿐이었다. 석간이 요청했다.

"부사 어른, 이 집은 내 것이 아니니 관아에서 접수하여 주시오."

"아닙니다. 황제가 직접 하사하셨소이다. 전하께서도 이 의원의 공로로 취득하였으니 등록 절차와 향후 관리를 철저히 하라고 분부하셨소."

그러나 이석간은 옛날 집이 편하다며 별채만 쓰고 본채는 공익의료시설인 혜민당으로 내놓았다.

가정제 주후총과 융경제 주재후가 명국 황제로 있는 동안 여름이 되면 장 공주가 사절단을 이끌고 매년 조선을 답방했다고 한다. 붕우의 신의를 지키기 위해 수천 리 길을 달려왔던 것이다. 올곧은 석간을 붙들어 주고 꽃보다 아름다운 공주의 마음을 어루만지는 만남이 짧아도 좋고 길어도 좋다.

　장 공주와 이석간의 만남이 현세에는 넘을 수 없는 선이 있지만, 다음 세상에서의 완전한 사랑을 위한 준비의 만남이라 할까? 겉으로는 아닌 척하면서 속으로는 서로를 연모하고 그리워하지만 끝내 품을 수 없었던 고고한 사랑이라 더 애틋하게 보이는지도 모른다.

　옛 중국의 '견우와 직녀' 설화가 명국과 조선 사이에서 못다 한 사랑을 염원하는 실화로 재현되어 칠월칠석의 의미를 더해 주었을 듯하다.

　그 후 이런 인연으로 명나라 황제 만력제는 임진왜란 때 두말하지 않고 조선에 파병과 군량미를 대량 지원하여 이석간의 명국에 끼친 은혜에 보답하였다고 한다.

　이석간은 과거에 급제하고도 남을 학문의 깊이와 실력을 갖추었으면서도 결국은 벼슬길에 나가지 않고 향리 영천에 남아 가난한 백성들에게 의술을 펼쳤다.

　조선은 사농공상의 계급제도가 엄한 사회였다. 선비는

과거에 급제하여 벼슬길에 나가면 양반이 된다. 양반이 되면 사족이 되고 각종 특혜가 주어진다. 석간은 스스로 양반을 마다하고 민초를 위해 중인 계층인 의원직을 택했다. 영주(영천)인 이석간은 선비의 고장, 영주 선비정신을 몸소 보여준 것이다.

이 집에서 잘 양육된 아들들은 충과 효, 의와 선을 실천한 아버지의 교훈을 따라 임진왜란 전장에서 혁혁한 공을 세우고 전사했다. 또한 대한제국 고종황제의 전의였던 귀운 서병효가 사용했다는 점도 우연이 아니다.

집의 가치는 건물의 크기와 넓이 그리고 높이가 아니라 그 안에 누가 어떤 삶을 사느냐에 따라 평가된다는 보편진리에 숙연해진다. 유의 이석간의 선비정신과 아름다운 삶의 현장이 바로 영주시 영주2동 뒤새에 있는 아흔아홉 칸 집이다.

명나라 황제 가정제로부터 하사받은 이 집은 지금 일부만 남아있다.

이석간은 당시 대국인 명나라 황제의 면전에서 올바른 생각과 곧은 행동으로 선비정신을 보여주었다. 당시 사람들은 유학과 의학을 같이 공부하고 실천한 이 의원을 유의(儒醫) 이석간이라고 불렀다.

이석간이 세상을 떠난 후, 주위얀 장 공주가 황손들에게 조선과 이석간의 공을 기억하도록 조정의 분위기를 만들어 나갔다. 특히 어려서 즉위한 만력제 주익균에게는 조선과의 군사 관계를 돈독히 하도록 신신당부했다.

장 공주는 숨이 멎어갈 때 다음과 같이 마지막 유언을 남겼다고 한다.

"이 할미가 죽거든 자금성 동쪽 접경지역, 조선으로 가는 길목에 묻어주오. 무덤에서나마 그리운 사람과 못다 한 이야기를 나누고 싶소."

목도리

'하필 내가 왜?'

화가 목구멍까지 치밀어 올랐다. 윤서희는 그중에서도 호된 시집살이로 가슴 속에 쌓인 불덩이를 시댁을 향해 조준했다. 시누이와 시어머니에게는 분노의 화살을 쏘았다. 그녀는 그동안 짓밟히고 찔려온 세월이 생생하게 떠올라 가슴이 벌렁거려 잠을 이룰 수가 없었다. 남에게 상처를 입힌 그 사람들은 암이 안 걸리고 바르게 열심히 살려는 사람이 암에 걸리는지 생각하면 속이 부글부글 끓어올랐다.

간암 진단을 받은 지 3개월이나 지났다. 앞으로 3개월 남짓 남았다. 시한부 인생을 살면서 지금쯤은 삶을 마무리하기에도 촉박한데 왜 감정조절이 안 되는지 서희 자신도

의아한 생각이 들었다. 이젠 분노의 주기가 뜸할 때가 되었는데도 말이다.

암 선고는 곧 죽음이라는 생각이 그녀를 계속 짓눌렀다. 암에 무엇이 좋고 나쁜지 많이 접해왔다. 그러기에 면역증강과 표적치료 못지않게 감정치료가 중요하다는 것도 알고 있었다.

서희는 처음에 암을 부인하다가 다른 대학병원에서도 같은 결과가 나온 뒤에야 인정했다. 오히려 증오심은 더해졌다. 그럴수록 자신의 간이 더 멍들고 있음을 느끼고 자제하려고 애를 썼다. 그나마 얼마간 억눌렸던 화가 전화 한 통으로 다시금 타올랐다. 간밤 늦은 잠을 청하려고 병실에 누웠는데 폰이 울렸다.

둘째 시누이었다. 남편과 관련된 일로 상의할 것이 있다고 했다. 서희는 입원 차 서울서 먼 길을 내려온 데다가 기본검사와 향후 자연치유 프로그램 상담을 받다 보니 매우 피곤한 상태였다. 그녀는 암 치료차 내려온 환자에게 위로는커녕 전처럼 또 속을 뒤집어 놓았다. 남편과 아들이 죽고 없으니까 무시하는 말투로 상처를 줬다. 둘째가 시댁을 좌지우지했다. 예의나 배려 따위는 아예 없는 독특한 성격의 인간이었다.

서희는 닭 울음소리에 뒤늦은 새벽잠에서 깼다. 짙게 낀 안개를 뚫고 요양원 쪽에서 바람을 타고 흘러오는 아카시아 꽃향기와 새소리가 그나마 가슴을 식혀주었다.

'이제 살만한데.'

서희는 나름대로 성실하게 살아왔다. 내놓으라 할 만큼 사업도 성공했다. 자식도 남부럽지 않게 키웠고 시댁까지 먹여 살렸다. 가족을 사고로 보내고 그 뒤치다꺼리를 하느라 죽을 고생을 했다. 남편이 저지른 도박과 사기에 말려든 부채를 갚느라고 남들처럼 중년의 즐거움도 모르고 살아왔다. 남은 건 몹쓸 병이라니 허탈했다. 어려울 때마다 기도의 위력을 경험했으면서도 이번만은 하나님이 원망스러웠다.

속이 답답해서 요양병원 뒤 산책길을 따라 여러 번 쉬면서 힘겹게 걸었다. 이어서 복지시설 두 곳을 돌아내려 오다가 길옆에 정안정이라고 부르는 정자 마루에 걸터앉았다.

인생을 안개에 비유한 글들이 생각나서 기분이 우울해졌다. 짧고 허무한 삶인데도 느지막이 의문의 보따리는 왜 그리 커지는지. 며칠간은 근심 보따리 몇 개가 머리를 짓눌렀다.

'반복되는 약물치료와 색전술을 잘 버텨낼까? 자연치유 프로그램이 과연 내게도 효과가 있을까? 얼마를 더 살 수 있을까? 내가 죽으면 어떡하지? 진행된 암이라서 치료 확률은 있을까?' 답을 모르는 질문들이 꼬리를 물었다. 앞이 캄캄했다.

'절망의 벽을 뛰어넘을 방법이 없을까?'

서희는 강하다고 생각했던 자신이 한없이 나약해 보였다. 혼자라는 외로움이 엄습해왔다.

'아, 이래서 환자들이 심리적 공황 상태로 자살의 유혹을 뿌리칠 수 없게 되나 보다.'

딸과 친정 동생들이 자주 전화를 주고 힘내라고 하지만 아직 일어날 용기가 없었다. 육십부터 나만의 삶을 살겠다는 계획이 모두 수포로 돌아갔다. 암과 투병하면서 홀로서기를 한다는 게 쉽질 않았다.

자신만만하게 천년만년 살 것 같았던 자신의 모습이 작은 풀벌레보다 못한 존재라는 생각에 눈물이 왈칵 쏟아졌다. 아무것도 아닌 사소한 일도 서운하고 서러웠다. 왕따가 되는 기분이었다. 계속 절망하고 있을 때가 아니었다. 주어진 환경에서 최선을 다해 치료하면 최소한의 생명 연장은 될 것 아니겠는가, 라고 생각했다. 인생을 아름답게 마무리하기 위해서라도 그렇다. 그러기 위해서 여기까지 내려온 게 아닌가.

자연치유센터 마무리 공사를 둘러보고 타운 내 솔숲 앞을 지나던 조진우 박사의 눈에 환자복 차림을 한 여인의 뒷모습이 들어왔다. 머리숱이 그리 많지 않은 밤색 웨이브 머리 스타일과 작은 두상을 한 왜소한 체격으로 보아 어딘가 눈에 익은 듯했다. 그녀는 뙤약볕을 피해 그늘이 드리워진 벤치에 앉아 상념에 잠겨있었다. 고개 숙여 기도하는 뒷모습을 봐서 어제 서울에서 내려온 간암 환자가 아닐까 생각했다.

　"혹시 윤…" 그녀의 등 뒤에서 조심스레 성을 불렀다.

　"네에, 윤서희인데요."

　서희는 고개를 돌려 평복차림의 그를 보고는 금방 누군지 알아채지 못하는 것 같았다. 그는 벤치로 다가갔다.

　"윤서희 님, 기도하시는 뒷모습이 옛날 친구 윤경복이 같은데 아니세요? 이름이 바뀌어서… 제가 누군지 아세요?" 그가 퍼즐씩 질문을 하려고 하자 서희는 대뜸 반말을 내뱉었다.

　"성곡 촌놈! 차돌이?" 야무지다고 해서 붙여진 별명이었다. 서희의 본성이 금방 튀어나온 건 전혀 뜻밖이었다.

　"어제 입원한 환자가 넌 줄 몰랐어. 혹시나 했지만." 그가 머뭇거리며 말을 건넸다.

　"젊은 날 사업상 부르기 좋게, 소설 『토지』의 주인공 이름을 도용했지 뭐. 차돌아, 내가 와서 실망했니? 반갑지 않은 말툰데." 서희가 장난기 어린 말투로 읽었다. 성격은 여전했다.

"아냐, 왜 반갑지 않겠어?" 그는 당황해서 손사래를 쳤다.

둘은 중3 겨울 방학 때 헤어지고 50년 세월이 지나 첫 대화였다. 이성에 대한 호기심과 설레는 가슴을 안고 묘한 감정으로 만났던 소년과 소녀가 환갑이 지나 다시 만났다. 오랜만에 예상 못 한 일이 벌어지자 그동안 서로 이름을 불러 보지 못해 편하게 말을 놓기도 어정쩡하고 듣기도 어색할 줄 알았다. 하지만 서로에 대한 감정이 되살아나고 무엇엔가 사로잡히는 듯했다.

진우는 철없던 시절에 좋아했던 여자 친구를 갑자기 병원에서 만났으니 우연인지 필연인지 분간이 안 가고 몹시 당황했다. 헤어진 후 각자 다른 환경에서 소식 없이 지내다가 만났으니 말이다. 두 사람은 성곡 이야기에 금방 학창 시절로 돌아가 친해졌다.

"성곡에서 논 거 기억나?"

"그럼."

그는 서희의 얼굴을 뚫어지게 바라보았다. 세월이 흘렀지만 아직도 그녀는 미모의 윤곽은 남아 있었다.

"사춘기 시절에 내가 좋아했던 촌놈 차돌이!" 갑자기 그녀가 혼자서 중얼거렸다.

"야, 너 그 말 농담이지?" 진우는 당황해서 말했다. 그러나 서희는 곧 살며시 웃으며 대답했다.

"오호호… 촌놈이 모르더라고. 하긴 그 나이에 뭘 알겠어?"

"너, 그 말 거짓말이지?"

"거짓말로 들려?" 서희가 소녀처럼 얼굴을 붉히며 말했다.

"차돌아! 나, 말기암 환자인데. 이젠 죽기 전에 할 말 다 해야겠어."

"죽긴 누구 맘대로 죽는다고 그래. 여긴 우리 병원이야. 넌, 내 허락 없인 못 죽어. 이젠 내가 너의 손을 꼭 잡아주고 놓지 않을 거야."

"절망에 빠진 간암 말기 환자에게 정말 마음에 드는 말이네." 서희가 입꼬리를 올리며 눈웃음을 보냈다.

"너, 그거 몰랐지?"

"뭘?"

"내가 널 혼자서 좋아한 거?" 그가 농담처럼 말하자,

"뭔 말이야, 그게?" 서희가 의아한 표정을 지었다.

"너 땜에 엄마한테 되게 혼났어."

"왜?"

"밤을 새워 네게 줄 쪽지편질 썼지. 그걸 바지 주머니 속에 넣어두고 잊고 지내다가 그만 빨래하던 엄마한테 들켜

버렸어."

"그래서?"

"엄마가 나를 우물가로 불러서 갔더니 그 편질 꺼내 들고 흔들면서 공분 안 하고 이게 뭐냐며 종아리를 때리고 우시는데… 되게 혼났어."

"정말?"

"응, 울면서 무릎 꿇고 앉아 싹싹 빌었어. 다신 편지 안 쓴다고."

"호호호… 바보야! 그럼 편지 대신 말로 하지."

"난, 촌놈이었잖아."

"너, 그거 기억나니?"

"뭐?"

"마지막 헤어질 때 내가 준 목도리."

서희는 대구로 가기 전날 진우에게 털목도리를 목에 걸어주며 말했다.

"이건 내 맘이야, 나 잊으면 안 돼."

서희는 진우를 좋아하는 마음을 표현할 방법이 달리 없었다. 그래서 밤색 털실로 목도리 하나를 떴다. 진우가 이 목도리를 받으면 자기의 마음을 알아줄 것이라 믿었다.

"목도리?" 그가 고개를 갸우뚱하며 말하자,

"그래. 넌, 몰랐겠지만 그게 내 마음의 표현이었어. 방학

내내 뜨개질만 했지. 내 첫정을 너에게 주는 거니까."

"그래?"

"넌, 그걸 버렸겠지만, 난 힘들 때마다 내가 한 소년에게 준 목도리를 생각하면 참고 견딜 수가 있었어."

"그랬구나."

"넌, 그 목도리 기억도 안 나지."

"글쎄?"

"하긴, 너같이 둔한 애가 그걸 기억하겠니. 벌써 50년 전 일인데."

서희는 생각했다. 바쁜 세상에 50년 전에 준 목도리를 어찌 기억하겠는가. 설사 보관을 했더라도 이사 다니면서 옛날에 버렸을 거야. 나도 그랬으니까.

겨울방학이 끝날 무렵이었다.

외조부도 세상 뜨면 서희는 이제 대구 가서 성곡에 다신 오지 못할 것 같았다. 그러기에 그에게 기념이 될 만한 목도리 선물을 주고 싶어 한 올 한 올 정성을 다했다. 뜨개질이 익숙지 않아 느리게 뜨는데도 대바늘에 손가락이 찔려 상처투성이였다. 뜻대로 잘 안될 때는 외숙모에게 배우기도 하고 집중하다 보면 끼니를 거를 때도 한두 번이 아니었다. 쏟아지는 잠을 쫓기 위해 라디오를 크게 틀기도 하고 얼음으로 살갗을 문질렀다. 주는 마음에 그토록 힘이 생긴다는 걸 알고 서희 자신도 놀랐다.

고생한 보람으로 목도리가 완성되자, 그녀는 흰색 실로 하단에 영문 'JS'라고 수를 놓았다. 두 사람 이름 중간자 이니셜이였다. 진우가 'JS'라고 수 놓은 걸 보았을까?

목도리는 그렇다 치고 안 웃던 웃음이 생긴 게 서희에겐 너무나 신기했다. 투병으로 웃음이 아예 없어졌다. 웃음은 커녕 자신이 암에 걸리도록 못살게 굴고 스트레스를 준 시댁 가족을 복수하고 싶었었다. 그러던 서희가 아주 자연스레 웃음을 터뜨린 건 분노가 가라앉고 있다는 징조였다.

"간암이라고 다 죽는 건 아냐. 마음 굳게 먹어. 암을 적이라 생각 말고 친구로 지내봐."

"좋은 일만 생각해야 하는데 자꾸 후회할 일들이 더 많이 떠올라. 얼마 남지 않은 시간을 어떻게 살아갈지 두려워. 때론 콱 죽고 싶지만 이렇게 됐으니 멋지게 살아내고 싶어."

고통 중에도 어찌 된 일인지 감사하는 마음이 생기기 시작한 건 다행이었다. 난 암이 아니야, 하고 부정하던 서희는 이제 암 환자의 심리 반응에서 분노의 감정을 내려놓고 신앙으로 타협하며 우울한 중에도 자신의 상황을 수용하는 단계에 이르렀다.

"야, 죽긴 왜 죽어? 이번엔 내가 너한테 진 빚을 갚아야 할 차례야."

진우는 사춘기 시절에 복잡한 가정환경 때문에 힘들어했다. 서희는 그때마다 진우를 다독여주고 기도해 주었다. 그에게 서희는 믿고 의지할 친구였다. 그에게 서희는 삶의 전부였다.

"저기 병원 뒤 등산로 보이지? 거긴 산을 깎은 절개지야. 그 위에 등산로가 있어. 등산로를 따라가면 희망봉 정상까지 갈 수 있어." 그는 재빨리 시선을 돌렸다.

"희망봉?"

"응. 환자분들이 그렇게 불러."

"왜 희망봉이야?"

"환자분들이 저 산꼭대기에 올라가서 소백산을 바라보면 삶의 희망이 보인데."

"정말? 올라가는데 힘들지 않을까?"

"죽는 거보단 쉽지. 오늘부턴 저 등산로 이름은 서희길이야. 하루 두 번씩 꼭 올라가렴."

"그럼, 저 등산로는 내 꺼네. 호호호…"

"부지런히 등산해서 병 나으면 너 줄게." 그가 빙그레 웃으며 농담했다. 그는 3개월 남은 시한부 옛 친구에게 의사로서 심각한 이야긴 하기 싫었다.

"빨리 병이 나아서 너한테 통행세 받아야겠네. 오호호…"

서희는 소녀처럼 유쾌하게 웃으며 대답했다. 그가 농담

으로 한 말이지만 그의 말 한마디는 그녀의 마음을 평정심으로 돌려놓았다. 진우는 그렇게 말하고는 요양원 쪽 오솔길을 걸어갔다. 그를 바라보며 서희는 중얼거렸다.

"난 할머니가 됐는데 쟤는 아직도 소년이야."

병원 본관 뒤, 산을 60도로 깎아 놓은 언덕 위에 등산로가 나 있다. 환자들은 이 길을 '메뚜기길'이라고 불렀다. 서희는 길 이름이 이상해 같은 병실 환우들에게 물어봤더니 210호 환자 때문이라고 했다.

메뚜기라는 별명을 가진 64세의 이상철은 폐암 말기 환자로 분당 사람이었다. 3년 전 이곳에 왔을 때는 3개월 시한부 환자로 남은 시간을 정리하기 위해서 이곳으로 왔다. 어느 날, 병실 침대에 누워 있는데 창밖으로 보이는 산의 절개지 위로 지프차가 올라가는 것을 우연히 보고 마음이 끌렸다. 같은 병실의 문응구도 절개지 위의 길에 대해 설명을 늘어놓았다.

이튿날, 그는 아침을 먹고 그 등산로를 오르기 시작했다. 말기 폐암 환자라 산을 올라가는 것이 무척 힘이 들었다. 300미터 거리를 반나절이나 걸려 엉금엉금 기어서 올라갔다. 그는 뒷산의 정상을 스스로 '희망봉'이라고 불렀다.

그날 이후, 그는 식사시간 이외에는 병실에 없었다. 늘

산이나 병원 부근의 언덕에 올라갔다. 중키에 홀쭉한 사람으로 병실에서 밥만 한술 뚝 뜨고는 없어졌다. 도로와 다리 밑이나 내줄리 동네 그리고 요양원 힐링 숲도 누볐다. 금방 등산로에서 봤는데 어느새 타운 입구에 가 있었다.

그는 마치 메뚜기 같아 어디로 뛸지 가늠할 수가 없는 사람이었다. 그런데 묘한 것은 식사시간이면 항상 정확히 병실로 와서 밥을 챙겨 먹었다. 검은 운동모자를 학생처럼 삐딱하게 쓰고 등산화를 군화처럼 졸라매고 다녔다.

3개월 시한부 폐암 환자가 벌써 3년째 죽지도 않고 이렇게 제집처럼 편안한 병원 생활을 해왔다. 가족들이 분당으로 올라가자고 아무리 졸라도 말없이 산으로 내빼버렸다. 그는 병원에 명물이며 전설이었다.

대머리 변중태와 한때 친했으나 최근 외톨이로 지내왔다. 하루 종일 병원 밖으로 맴도는 그가 병원 규칙 위반이 빈번해지자 퇴원 경고에도 아랑곳하지 않았다. 오히려 환우들의 심부름꾼으로 자처했다. 왜 좋은 일 하는 것을 방해하느냐고 막무가내였다. 입원한 환자 중에서 유일하게 동네 일대를 마음 내키는 대로 다니는 사람이었다. 병원 직원들 몰래 골초 할머니의 담배 심부름을 해주는 사람도 그였다.

병원 일을 모두 꿰뚫고 있는 간호과장도 할머니의 담배

심부름을 해주는 사람이 그라는 사실은 모르는 것 같았다. 환자들은 자기네들끼리 동병상련의 끈끈한 의리가 있었던 모양이다.

서희는 창문을 열어놓고 아침 공기를 마셨으나 마음이 진정되질 않았다. 아침 식사 후, 조 박사가 말한 메뚜기 길을 올라가기 시작했다. 항암 치료 후 체력이 쇠약해 산을 올라가기가 무척 힘이 들었다. 다행히 아침에 나온 된장국이 입에 맞아 오랜만에 밥을 달게 먹을 수가 있었다. 힘이 들어 절개지 옆에 설치한 하얀 밧줄을 두 손으로 잡고 올라가고 있었다.

그런데 갑자기 빨간 러닝셔츠에 환자복 하의를 입은 어떤 사내가 등산로에서 허리를 굽히고 무엇인가 따먹고 있었다. 바로 '메뚜기'였다. 잽싸게 산딸기를 한 주먹씩 따서 입에 털어 넣고 있었다. 그가 정말 3개월 시한부 폐암 환자였단 말인가? 서희는 믿어지지 않았다. 갑자기 그가 서희에게 히죽거리며 말했다.

"잘해보셔."

"안녕하세요."

서희가 헐떡거리며 인사를 건넸다. 이름도 모르는 그에게 묘한 동료의식을 느꼈다. 그는 3년 전 폐암 말기 환자로 이곳에 와서 목숨을 구했다고 한다. 자기도 간암 말기 환자로 이곳에 와서 생명의 끈을 놓지 않으려고 몸부림을 치고 있지 않은가. 서희는 그가 무척 위대하게 보였다. 그는 이곳의 모델이었다.

"서울서 온 간암 환자구먼. 댁은 지금 밧줄을 잡고 산을 올라가지만 난, 삼 년 전에 네발로 기어서 올라갔다오. 끼니 거르지 말고 하루에 두 번씩만 희망봉에 올라가셔. 그럼 안 죽어요. 내가 바로 증인이지. 호호호…"

"아침 된장국이 맛있던데요." 마치 친정어머니의 솜씨 같아 서희는 궁금해 견딜 수가 없었다.

"저기 보이죠?"

"어디요?" 그는 병원 본관 뒤편을 가리켰다. 울타리 속에 많은 단지가 있었다. 기둥 옆에 심은 호박이 울타리를 따라 덩굴을 뻗어 꽃을 피우고 있었다.

"저게 전부 된장 단지요."

"병원에 무슨 된장 단지?"

"여긴 병원에서 직접 된장 담가 먹어요. 기능성 쌀도 요 앞 논에서 나는 걸로 먹고 무공해 야채밭도 있어요. 약초밭에서는 원예 치료도 해요. 아마 병원 농장을 만들어 놓은 데는 여기밖에 없을 거요."

"그래서 아침밥이 맛이 있었구나."

"이유는 또 있지요. 여긴, 청정 지역이죠. 이곳은 사람의 면역력을 키워주는 자연치유센터가 있죠. 먹고 자고 치료받는 모든 과정이 자연치유프로그램 속에서 이루어져요. 난 원장님이 쏟는 정성을 봐서라도 서울 안 가요. 수고하셔."

그는 그렇게 말하고는 아침 안개 속으로 사라졌다.

서희는 그날 희망봉까지 죽을힘을 다해 올라갔다. 정상에서 자신에게 다짐했다. 여기는 돈이나 명예가 아닌 하나뿐인 목숨을 걸고 승부해야 하는 곳, 더 이상 물러날 곳은 없었다.

죽거나 살거나 둘 중 하나였다. 온몸에 짜릿한 희열을 느꼈다. 메뚜기가 이 길을 자기 길로 만들었다면, 서희도 이 길은 반드시 '서희길'로 만들겠다고 다짐했다. 암 진단을 받은 후 처음으로 캄캄한 어둠 속에서 한 줄기 빛을 볼 수가 있었다.

스쳐가는 산들바람에 밤꽃 향기가 서희의 콧속으로 스며들었다. 병원에서 요양원으로 올라가는 길옆 공터에는 서른 개의 벌통이 두 줄로 놓여 있었다. 마침 아카시아꿀을 뜨려는 참이었다. 아카시아꽃이 지고 나서 뜨는 꿀이 아카시아꿀이다.

환자들이 말하기를 병원에서 벌을 친다고 했다. 병원 타운에 양봉이라니 서울 같으면 꿈도 못 꿀 일이었다. 그녀는 이런 목가적인 풍경이 마음에 들었다.

바람이 불자 이당원으로 가는 오솔길 위로 늦깎이 이팝나무 꽃잎이 이밥처럼 날리고 있었다. 하얀 가운을 입은 조박사가 흩날리는 꽃잎 사이로 걸어오고 있었다. 아카시아 꿀, 서희는 소녀 시절이 생생하게 기억났다.

"너, 이거 먹어 볼래?"

"뭔데?"

"아카시아꿀인데, 너 주려고 가져왔어."

진우는 서희에게 노란 옥수수빵과 작은 꿀 병을 내밀었다. 서희는 옥수수빵을 꿀에 찍어 먹어 보았다. 입안에 아카시아 꽃향기가 진동했다.

"너, 이거 어른 몰래 가져왔지?"

"응."

소년 진우는 하얀 이를 드러내며 익살맞게 웃었다. 그 소년이 세월이 지나 이젠 주치의가 되어 타일렀다.

"당뇨가 조절되면 또 그렇게 하자. 넌, 내 허락 없이는 못 죽어."

"그래, 난 안 죽을 거야." 힘주어 다짐했다.

얼마 전까지만 해도 우울증이 심해 목숨에 미련이 없었다. 이젠 살아야 할 이유가 있다는 생각이 다시금 생겼다. 멀리 소백산을 바라보는 그녀의 눈에 고인 눈물이 햇살에 반짝이고 있었다.

'3개월 시한이 어제였다. 이젠 덤으로 사는 삶이다. 삼라만상이 여름의 기운으로 가득한데 뒤처져서는 안 된다고 서희는 자신과 약속했다. 그래도 감사하다. 좀 더 강화된 프로그램에 참여하면서 남은 시간을 의미 있게 보내자.' 서희는 스스로 달래며 이를 악물었다.

합창하던 매미들이 잠잠해지자 까치 한 쌍이 갈참나무 위 둥지를 드나들며 새 생명을 키우느라 부지런을 떨었다. 순간 서희에겐 길조로 느껴졌다.

"저리 가, 비켜. 여긴 내 자리야."

환의를 입은 한 할머니가 등을 보이며 한 손은 담배, 다른 손은 부채를 들고 서희 무릎을 발로 툭툭 쳤다. 서희는 두 손으로 턱을 괸 채 앞일을 걱정하면서 뒷산을 바라보고 있었을 때였다. 정신을 차리고 할머니를 쳐다보았다. 골초 영자 할머니였다. 여긴 자기가 담배 피우는 장소이니 저쪽으로 가서 앉으라는 것이다. 췌장암으로 시한부 삶인데도 마음껏 담배를 피우고 항상 즐겁게 산다고 했다. 칠순에 아직까지도 웃을 때는 매력이 있었다.

서희가 자리를 옮겨 앉아 다시 생각에 잠기자, "이거 먹어." 하면서 하얀 박하사탕을 내밀었다. 서희가 흠칫하며 얼굴을 돌리자 어느새 박하사탕이 입속에 들어와 있었다.

입속 가득히 달콤한 박하 향기가 찼다.

"생각 많이 하면 빨리 죽어."

할머니는 그렇게 말하고는 자기 자리로 돌아가 맛있게 담배를 피웠다. 며칠 전, 조 박사가 자기 호주머니 속에 사탕을 꺼내 보이며 말했다. 환우들은 자기가 좋아하는 사람에게 사탕을 준다고 했다.

서희는 갑자기 눈물이 핑 돌았다. 시댁 가족들은 뺏어가려고만 했지 사탕 하나 먹으라고 조건 없이 준 적이 없었다. 그런데 병원에서 담배를 피운다고 욕을 먹는 할머니는 처음 만난 사람 입속에 사탕을 넣어 주었다. 차라리 시댁에게 빼앗긴 그 많은 돈을 할머니같이 아무 욕심 없는 환자나 그를 돌보는 이 병원에나 주었다면 고맙다는 소리나 듣지, 하고 잘못된 삶이 후회스럽다는 생각이 들었다.

젊은 시절에 조 박사는 서울에서 대학교수로 교육, 진료, 집필로 아주 바쁘게 지냈다. 그는 나이가 들자 영주시 내 줄교차로 일대, 오만 평의 부지 위에 의료기관과 요양시설을 다양하게 세워 복지공동체를 이루고자 눈코 뜰 새가 없었다. 이를 협력하고자 본(本) 치료 이론을 실용화한 자연치유센터와 연구소 그리고 약초원을 세워 복합 의료복지타운으로 만들고 싶어 했다.

의료 가문의 그는 선대가 이루지 못한 꿈을 이곳에서 실현해 왔다. 아무리 사업 확장을 해도 고객 중심이어야 한다는 게 그의 뜻이었다. 특히 난치병 연구는 의료계의 최대 과제요 그중에 암이 단연 우선순위다. 암 환자에 대한 별도의 컨퍼런스가 주마다 열리는 이유이기도 하다.

종양 담당 내과와 한방과, 정신건강의학과와 재활의학과 외에도 간호, 영양, 심리, 복지, 종교 전문인들이 동석해 증례 보고를 하고 있었다. 그중 306호실 윤서희 환자의 경과가 돋보였다.

"얼마 전 서울 가서 시술한 간동맥화학색전술은 아주 수월하게 견디시는 걸 보면 우리의 통합치료법이 먹힌다는 얘기죠? GOT, GPT 비율과 알부민, 글로불린율, 혈당과 암모니아와 아르기닌의 혈중 수치도 잘 유지됩니다." 내과의 소견이었다.

"감정치료, 면역증강, 자연치유프로그램 실천의 세 개 방향으로 진행하고 있죠. 감정실금과 감정감각은 정상에 가까워졌어요. 뜸술, 도인안교, 사암침(舍岩鍼, 조선시대 사암 선생이 창안한 침법)으로 면역증강에 집중하고 간독성이 없는 발효약제도 병행하죠. 디톡스 방법을 최대한 활용하고 자연과의 친화력을 높이고 있어 감정이나 면역 효과가 매우 커요."

한방과 발표에 이어 간호과, 영양과… 각과 별로 유의성
있는 발표 후 조 박사의 인사말로 회의를 마쳤다.

"접근 방법이 좋네요. 다만 환자에 대한 경외심을 우리가
갖지 않으면 누가 갖겠습니까? 다들 수고하셨어요."

간호과에서 윤서희 환자 생일 파티를 열었다. 희망적
인 검사결과를 들은 서희는 안도감이 들어 하늘을 나는
듯했다.

"축하해 주셔서 감사드려요. 얼마 전 대상포진과 감기를
교대로 앓는 바람에 걱정하셨죠? 제 불찰이에요. 체온 관리
잘할게요."

서희는 양손으로 자기 목덜미를 쓸어내리며 조 박사 쪽
으로 눈을 돌렸다.

"내 집 같은 요양병원에서 전 너무 행복해요. 여러분의
손길로, 식어가던 심장 온도를 되돌렸고 전인치료로 희망
을 되찾았죠…"

서희가 낭랑한 목소리로 담담하게 병상일기를 낭독하는
동안 딸과 동생들은 물론 참석자 모두가 눈시울을 적셨다.
이제야 부정, 분노, 타협, 우울, 수용 등 암 환자가 겪는 감
정의 단계를 서희가 힘껏 견뎌내는 다양한 노력에 감격했기
때문이다.

이튿날, 조 박사는 머리를 식히려고 정안정으로 올라갔다. 늦장마로 밤새 장대비가 내리는데 서희 남동생과 밤늦도록 자리를 같이했더니 머리가 지근거렸다. 남동생은 당시 남녀칠세부동석이라는 엄격한 유교적 분위기에서 서희와 진우 사이에 중간역할을 했다. 누나가 마지막 생일이 될지 몰라 일부러 왔다는 그는 목회자가 되어있었다. 어릴 적 힘들 때 진우의 손을 잡아주던 이들의 따스한 손을 추억하면서 걸었다.

정안정에는 환의를 입은 여인이 앉아 있었다. 서희였다. 생일선물로 조 박사가 준 큼직한 순금 십자가 목걸이를 하고 있었다. 어제 담당 간호사가 말하기를 서희는 메뚜기처럼 아침저녁으로 희망봉으로 올라간다고 했다. 그는 슬며시 정자 마루에 걸터앉았다.

"암은 적이 아니라 동반자, 라고 네가 말한 의미를 이젠 조금은 알 것 같아." 나지막이 말을 건네던 서희가 갑자기 자기 옆으로 다가오는 닭을 보고 소리쳤다.

"어머, 진우야! 저 닭 좀 봐."

"저 닭은 동네에 내놓고 기르는 놈들이야. 타운이 넓어서 동네와 떨어져 있는데도 여기까지 와." 그가 말했다.

벼슬이 붉고 목덜미가 두툼해 털목도리를 두른 듯한 덩치 큰 수탉 한 마리와 통통하게 살이 찐 암탉 세 마리가 사람 무서운 줄 모르고 서희 앞을 지나고 있었다.

"너 좋아하나 봐." 진우가 수탉을 가리키며 말하자,

"너, 내가 좋니?" 서희가 웃으며 닭에게 말했다.

"저 봐, 수탉이 너 옆을 지나면서 편하게 쪼아 먹고 있잖아."

"진우야, 오랜만에 우리 닭서리 한번 할래?"

느닷없이 서희가 닭 잡아 달라는 귓속말에 그는 문득 어릴 적 정월 대보름날 이장네 집에서 서희와 닭서리를 한 기억이 떠올랐다.

대보름날 친구들이 모였다. 하루 종일 신나게 전통놀이를 하고 나니까 흘린 땀에 옷이 젖어 오슬오슬 한기가 들었다. 지치고 허기졌다. 주마산 너머로 해가 떨어지려고 했다.

"야, 니들 웅크리고 앉아 있는 모습이 가관이야."

서희가 분위기를 바꾸려고 말을 던졌다. 달이 뜨면 쥐불놀이를 할 참이었다. 서희는 진우가 어젯밤에 닭서리를 주도하다가 들킨 일을 잘 알고 있었다. 아무리 잘사는 이장 댁이라도 장난삼아 닭 한 마리면 되는데, 두 마리를 잡다가 들켜 일을 그르친 것이다. 어머니에게 경을 치고 닭값을 물어 줘야 했다.

그렇게 천진난만한 웃음으로 마음을 나누었던 둘이 50년 동안 싸두었던 웃음보따리를 풀었다. 산에서 미끄러져 다쳤을 때 상처를 싸매주면서 지었던 웃음, 아프면서도 행복했던 미소를 떠올렸다.

아무리 긴 세월 동안 전혀 다른 환경에서 지내왔다 해도 가슴과 머리에 박혀있는 좋은 추억은 조그마한 계기만 있어도 금방 튀어나오게 마련이다. 진우가 야뇨증으로 키를 덮어쓰고 서희네 외가에 소금을 꾸러 갔던 얘기를 꺼낸 것도 웃음을 통한 회상치료였다. 둘은 현실을 잊고 소년, 소녀로 되돌아가 마음껏 웃었다.

서희가 분노와 절망이 교대로 밀물처럼 몰려와 우울증에 빠졌을 때 진우가 회상치료에 대한 효과를 설명한 적이 있었다. 대상포진이 깔끔하게 낫진 않았지만, 추석이 지나 주일을 이용해 추억의 장소를 방문하기로 했다.

전부터 서희는 그에게 성곡에 가자고 졸랐다. 소녀 시절 방학을 보냈던 곳을 둘러보기를 학수고대했다. 특별히 기억나는 곳에서 그때의 장면을 재현하고 오랜만에 외가의 묘도 살피고 싶었던 것이다. 서희의 몸 상태와 진우의 스케줄을 맞추느라 오늘에서야 겨우 가게 됐다. 암 환자의 앞날은 불투명하므로 어쩌면 마지막이 될지도 몰라 더 이상 미룰 수가 없었다.

둘은 주마산에서 연을 날리고 썰매 타며 빙수골에서 가재 잡던 장면들을 떠올렸다. 농로 포장 외에는 전과 달라진

게 없었다. 동글산에서 내려다본 진우네 집과 교회도 동네도 모두 그대로였다.

"진우야, 모두 그대로인데 우린 그동안 많이 변했지? 난 암 환자이고 넌, 내 주치의가 되고…" 서희가 갑자기 울적해하며 말했다.

"아냐, 우린 변치 않았어. 그대로야." 그는 재빨리 서희를 달랬다. 그리고 분위기를 바꾸려 했다.

"교회 연극발표회에서 우리가 주인공이었잖아?"

"그 후에 친해졌지. 참, 오늘 예배 시에 감사의 눈물이 나 혼났어. 내가 얼마나 교만하고 이기적이었는지 몰라. 다 내려놓고 마음을 비웠어. 너와의 만남이 축복이야. 암 때문에 다시 만난 거잖아. 이제 마음이 한결 편해졌어. 고마워, 진우야."

미처 돌아보지 못했던 우정이 얼마나 귀한지를 느꼈다. 둘의 우정이 그 뿌리가 마른 줄 알았는데 긴 세월을 거쳐 오히려 깊고 튼튼해져 있음을 알았다. 지금은 삶의 꼭지 하나하나가 너무나 소중하다는 걸 느낀 서희는 다짐했다. 건강을 되찾기 전이라도 이제부터 어릴 때 '선한 사마리아인'이라는 성극의 주인공으로 약속했던 대로 남을 돌아보는 일을 시작해야겠다고.

퇴원 날짜를 잡아놓으면 감기나 배탈이 나서 몇 번 미루다가 단풍놀이도 제대로 못 한 채 일교차가 심한 겨울을 맞았다. 한창 치유프로그램에 재미를 붙이는데 기일과 연말을 앞두고 퇴원해야 했다.

딸이 퇴원 수속을 밟는 동안 서희는 진우와 함께 타운을 한 바퀴 둘러보기로 했다. 풍기에서 불어오는 매서운 바람에 눈발이 날리고 있었다.

둘은 친구들과 겨울 산행 기억을 떠올리면서 힐링 숲길을 따라 올라갔다. 솔가지와 산수유 가지가 사이좋게 맞닿아있는 모습이 눈에 띄었다. 마치 연리지의 사랑으로 산수유나무가 추울까 봐 소나무 자신의 푸른 잎을 둘러 목도리로 감싸주는 듯했다. 그래서인지 고목 산수유도 거뜬히 나목으로 겨울을 이겨내고 있었다.

산수유나무를 뚫어지게 바라보던 서희가 낮게 쳐진 잔가지 하나를 잡았다. 끝에 달려있는 녹두 알만한 몽우리를 따려고 했으나 잘 떨어지지 않았다.

"단단하게 붙어있어 안 떨어지네."

서희는 벌레집인 줄 알았던 모양이다.

"생명의 힘 때문이야."

진우가 봄이 오면 가장 먼저 아름다운 세상을 만들 꽃눈이라고 했다. 꽃눈도 살기 위해 가지에서 떨어지지 않으

려고 저토록 버티는데 서희는 쉽게 자신을 혹사시키고 포
기하려던 자신의 모습을 비춰보았다. 꽃눈 속에도 보이는
힘과 보이지 않는 힘으로 생명은 태어나고 존재한다는 걸
자연 속에서 느꼈다.

나목 앞에서 자신이 살아야 할 이유와 가치를 깨닫고, 꼭
살아야겠다는 다짐과 용기가 자신도 모르게 솟구쳐 올랐다.

"고목이지만 봄이 오기를 기다리잖아." 그가 말하자,

"내년 봄에 이 산수유나무꽃을 내가 볼 수가 있을까?"
서희가 갑자기 눈시울을 붉히며 말했다.

"여기에 입원한 이들의 평균연령이 구순에 가까워. 그들
에 비하면 넌 아직 어린애야! 여기, 어른들은 봄이면 여전히
꽃을 피우고, 가을이면 열매를 맺는 이 산수유나무를 백세
목이라고 부르며 자신들의 화신같이 여겨." 진우가 희망의
말로 서희를 격려했다.

"백세목?" 서희가 무슨 뜻인지 몰라 고개를 갸우뚱했다.

"이 나무 나이가 백육 세야, 광주에서 온 어르신과 동갑
이지."

"어휴, 그렇게 나이가 많아?" 갑자기 서희가 산수유나무
를 꼭 껴안으며,

"꼭, 이겨낼 거야. 이 나무처럼 나도 내년 봄까지 살아남
아 생명의 꽃을 피울 거야."

서희는 암 극복이라는 희망봉을 향한 굳은 의지로 차 있었다. 코트 주머니를 뒤졌다. 손수건을 꺼내 눈물을 훔쳤다. 영양사가 요양원 정원 잔디밭에 회상치료 목적으로 설치되어 있는 철길 옆 정자 앞에서 꾸러미 하나를 서희에게 내밀었다. 보자기를 풀어보았다.

"먹을 것을 골고루도 쌌네. 책도 있고. 이건 또 뭐야?"

금빛 포장지 속에 꼬깃꼬깃 접혀있는 건 사진첩이었다. 병상 생활 중 찍은 사진들이 가지런히 꽂혀있는 걸 본 서희는 입을 다물지 못했다.

그녀는 꾸러미를 딸에게 주고는 등산로를 따라 타운 입구까지 걸어오는 동안 상념에 잠겼다. 입구 표지석 앞에 섰다. 가죽 장갑을 벗고 양손으로 그 위에 얇게 쌓인 눈을 쓸어내렸다.

'人' '愛' '家'

사람을 사랑하는 집, 직원들과 함께 지은 이름, 그녀는 이곳에서 사랑을 듬뿍 받고 사랑하는 방법을 깨우친 곳이기에 더 고마웠다. 손바닥으로 글자를 하나씩 닦았다. 검지로 글자 획을 따라 그어 나갔다. 그리고 머리를 돌 윗면에 붙인 채 흐느끼기 시작했다. 딸이 서희를 껴안고 눈물을 글썽거렸다. 뒤에서 눈시울을 붉힌 조 박사는 암은 예측하기가 어려우므로 마지막 이별이 되지나 않을까, 조바심이 들었다.

눈송이가 굵어지며 새털 같은 함박눈이 내리기 시작했다. 해가 짧은 초겨울 오후라 어둠이 금세 내리고 도로 사정이 어떨지 몰라 빨리 출발해야 했다. 그러나 둘은 작별이 아쉬운 듯 두 손을 꼭 잡고 놓을 줄 몰랐다. 서희가 먼저 고맙다고, 건강 조심하라고 작별인사를 하자, 진우는 치료 수칙을 잘 지키라고 말했다. 서희가 승용차 앞으로 다가가자 두 사람은 다시금 눈을 맞추었다. 둘의 우정은 변하지 않을 거라고 약속이라도 한 듯이.

서희가 뒷좌석에 앉으려는데 조 박사가 차 문을 두드리며 차에서 내리라고 손짓했다. 차에서 내리자 사방에서 불어오는 세찬 눈바람에 자색 롱코트 자락이 탁탁하고 소리를 냈다. 갑자기 조 박사는 셔츠 안에 걸치고 있던 목도리를 벗어 서희 목에 매 주었다.

"환자는 목이 따듯해야 해. 안 그러면 체온이 떨어져. 저체온은 암에 치명적이거든." 어서 차에 타라고 손짓했다. 서희가 차에 오르며 "고마워." 하고 말했다.

"눈길 미끄러워. 조심해 가." 하며 조 박사가 손을 흔들었다.

승용차가 서울행 전용도로에 오르자 서희는 뒤를 돌아보았다. 멀리 눈에 덮인 병원 언덕길을 진우가 혼자서 터벅 터벅 올라가고 있었다. 그의 머리 위에는 눈을 잔뜩 뒤집어쓰고 있었다. 그가 목에 매주고 간 목도리에는 아직도 그의 따스한 체온이 남아 있었다.

서희가 탄 승용차는 죽령 계곡을 타고 불어오는 돌개바람 사이로 두껍게 눈 쌓인 고속도로를 조심스레 달리고 있었다. 히터가 따뜻해지자 서희는 코트를 벗어 옆자리에 접어 두었다. 잠시 골똘히 생각하더니 재빠르게 목도리를 풀어서 손에 들었다.

그런데 이 낡은 고동색 목도리!

아무래도 눈에 익었다. 서희는 찬찬히 살펴보았다. 밤색 털실로 뜬 목도리. 군데군데 실밥이 조금씩 헤지고 때가 묻은, 조금은 서툰 솜씨로 뜬 목도리! 끝을 뒤집자 흰색 실로 'JS'라고 새겨 놓은 영문 이니셜이 보였다. 서희는 갑자기 '어머나!' 하며 목도리에 얼굴을 묻고 울음을 터트렸다.

'세상에 이런 남자가 있다니…'

한 소녀가 좋아한 소년에게 주었던 목도리를 50년 동안 간직하며 매 온 친구가 있다. 갑자기 전신에 엔도르핀이 돌았다. 사랑한다는 말보다 더 큰 울림이었다. 얼굴이 화끈 달아오르고 가슴이 방망이질했다.

이렇게 신실하고 믿음직한 남자가 또 어디에 있단 말인가. 전에도 듬직하고 고지식하더니 아직도 진우는 세파에 때 묻지 않은 순수하고 순진한 소년의 마음을 그대로 간직하고 있지 않은가. 서희는 지난 50년 동안 열두 번도 더 이사를 했다. 이까짓 거 헌 목도리는 백번도 더 버렸을 것이다.

50년 전, 서희는 겨울 방학이 끝나고 헤어지기 전날 예배 마치고 교회 뒷뜰에서 진우와 작별인사를 했다. 그리고 이 목도리를 진우 목에 매주며, "사람은 목이 따뜻해야 해" 하고 말했다.

또 서희가, "너, 나 잊으면 안 돼." 하고 말하자, 진우는 "나중에 다시 만날 때까지 꼭 간직할게." 하고 대답했었다.

"엄마, 왜 그래? 어디 아파?"

운전 중인 딸이 걱정되어 물었다. 그러나 서희는 흐느끼기만 했다.

사람은 누구와 인연을 맺느냐에 따라 삶이 달라진다. 서희는 삶에서 가장 소중한 인간관계를 잊고 살았다. 잘못된 사람들과의 악연으로 증오와 분노 때문에 암에 걸렸다. 그런데 진우가 말했다.

"넌, 내 허락 없이 못 죽어."

'그래, 난 절대로 안 죽을 거야.'

서희는 두 손으로 목도리를 꼭 쥐고 중얼거렸다.

'이번에 올라가면 사업을 전부 정리하고 이곳에 내려와

여생을 보내야지. 메뚜기처럼 말이다. 마지막 삶을 목을 따
스히 해야 할 사람들과 함께 온정을 나누면서…'

소백산의 봄

눈앞이 캄캄하고 아찔했다. 뛰어내리자, 조금만 더 있다가… 사람의 마음은 참으로 간사하다. 자살한다고 어렵게 여기까지 왔는데 막상 결행하려니까 망설여지고 겁이 났다. 이럴 줄 알았더라면 못 먹는 소주라도 마시고 올 걸.

송선주는 다시금 울퉁불퉁한 바위 절벽을 내려다보고 다리에 힘이 풀려 지팡이를 내 던지고 땅바닥에 털썩 주저앉았다. 목을 매거나 약물로는 미수에 그쳤지만, 투신이 그래도 고고하다고 생각했는데…

"아줌마, 눈 질끈 감고 그냥 뛰어내려요. 잠깐이면 끝나요. 죽는 사람이 뭐가 그리 겁이 많아 망설이누, 나참."

그때였다. 어디 있다 왔는지 등 뒤에서 갑자기 남자 목소리가 들려왔다. 선주는 독이 올라 뒤도 돌아보지 않았다. 까짓거 생수 한 병 줬다고 아픈 사람 뒤를 졸졸 따라다니면서 간섭하며 속을 뒤집어? 못난 놈!

"빨리 저리 가요. 남의 일에 웬 간섭이 그리 많아요." 선주는 약이 올라 신경질적으로 소리를 빽 질렀다.

"아줌마! 그렇게 생각이 많으면 못 죽어요. 그냥 아무 생각 없이 뛰어내리면 되는데…"

"어머나, 별꼴이야! 죽긴 누가 죽는다고 그래요, 흥."

선주는 열이 올라 앙칼지게 쏴붙였다.

"아줌마, 내가 먹던 소주 한 모금 드릴까? 소주 마시면 간뎅이가 부어 겁이 안 난다요." 등 뒤에서 그 남자가 또 수작을 걸어왔다.

"듣기 싫으니 저리 가요." 선주는 몸을 일으키며 귀찮아서 팔을 내저었다.

"가긴 어딜 가요. 아줌마가 지금 서 있는 자린 내가 먼저 맡아 놓은 자린데."

"어머머, 이 아저씨 좀 봐. 여기 이름 써 붙여 놨나?" 그녀는 화가 나서 이죽거렸다.

"아줌마, 점치나? 건 또 우째 알았노? 땅바닥을 봐요, 땅바닥을!"

선주는 두리번거리다가 땅바닥에 여기저기 나뒹군 소주

병과 수북이 쌓여있는 담배꽁초를 힐끗 내려다보았다. 나무 꼬챙이로 땅바닥에 깊숙이 '성준우'라고 쓴 이름이 눈에 들어왔다.

순간 선주는 알 수 없는 전율에 몸이 화끈거렸다. 땅바닥에는 생사의 기로에 선 한 남자의 몸부림과 절규가 그대로 묻어 있었다. 그녀는 가슴이 찡하고 눈시울이 뜨거워졌다. 자기보다 열 배나 더 죽고 싶어 하는 한 남자가 등 뒤에 서 있었다. 그녀는 묘한 동료의식과 친밀감이 느껴지기 시작했다.

"여긴 언제 왔어요?" 선주는 기어들어 가는 목소리로 물었다.

"어제 점심 먹고 여길 와서 안즉도 몬 뛰어내리고 있답니다. 어허허, 난 내가 겁이 이렇게 많은 줄 여기 와서 처음 알았다오. 우리 같이 뛰어내릴까?"

"어머머, 미쳤어요? 같이 죽게. 생판 모르는 남자하고…"

"정말 그러네. 남들은 바람이 나 둘이서 정사한 줄 알겠다. 나야 괜찮지만 부인이 오해받겠구나. 그럼 내가 등을 밀어줄까?"

그 남자가 슬며시 다가서며 말했다. 선주는 덜컥 겁이 났다. 이 미친놈이 정말 등을 떠밀면 자기는 아무도 모르게 죽을 게 아닌가?

"왜 이래요? 어머나, 사람 살려, 사람!" 남자가 선주의 등에 손을 얹자, 그녀는 자살하러 온 것도 잊고 놀라서 냅다 고함을 질렀다. 그리고 잽싸게 앉아 버렸다.

"어휴, 시끄러워 죽겠네. 여긴 올 사람도 없어요. 목만 아프지. 나도 여기서 뛰어내리려고 왔는데. 이히히, 우리 같이 뛰어내립시다. 자살 동기생!"

남자는 무엇이 그리 즐거운지 흐물흐물 웃으며 또 그녀를 잔뜩 놀리며 빈정거렸다. 선주는 지팡이를 짚고 벌떡 일어섰다. 그리고 절벽 밑을 다시 내려다보았다. 섬찟했다.

"그럼 아줌마가 나 좀 밀어줘요." 남자가 실실 웃으며 놀리듯 말했다.

"어머머, 미쳤어요. 내가 밀게."

"그럼 이렇게 합시다."

남자가 선주의 등을 살포시 껴안으며 말했다. 정말 오랜만에 남자의 따뜻한 체온이 등허리에 느껴졌다.

"우리 둘이 같이 껴안고 뛸까? 외롭지 않게."

"놔요!"

"못 놔."

"이거 못 놔요?" 나이든 남녀가 껴안고 뿌리치고 하는 장면이 마치 초등학생들이 길거리 농구장에서 서로 공뺏기 놀이를 하는 것 같았다. 선주는 지팡이로 남자의 다리를 세차게 내리쳤다.

"아, 아야야…" 남자가 빙빙 돌며 엄살을 부렸다.

"성희롱으로 고발할 거야."

"고발하셔. 어차피 난 3개월 뒤에는 죽고 없는데, 머."

"3개월?"

"예, 난 간암 말기로 3개월 내에 죽어요."

"부인은요?"

"집사람은 재작년에 교통사고로 죽었어요. 그때 받은 스트레스로 암에 걸렸나 봐."

"암이면 전부 죽나? 남들은 잘도 살더만. 누가 3개월 뒤에 죽는다고 그래요?"

"내가요." 선주는 무슨 말인지 몰랐다.

"어머머, 돌팔이 의사가 오진했겠지. 농담 따먹기도 잘하고 뛰는 힘은 못 말릴 정도인데."

"난 국립암센터에 근무하는 의사인데 한 번도 오진 한 적이 없었다오." 남자는 씁쓸하게 웃으며 말했다.

"정말? 의사 선생님이세요?"

"난 다른 환자들 병은 고치는데 내 병은 못 고치는 돌팔이라오. 내 환자들에게 항암치료를 여섯 번 하라고 권했는데, 내가 직접 세 번을 받아보니 차라리 일찍 죽는 게 더 낫다는 생각이 들더라고요. 그래서 여길 왔지. 그런데 부인은?"

준우는 처음으로 그녀의 얼굴을 정면으로 바라보았다. 중풍 환자지만 그녀의 자태는 고왔다. 함부로 범접할 수 없는 기품과 매력이 있었다. 그는 갑자기 이 여자는 자기 심정을 이해할 것 같다는 생각이 들었다. 두 사람은 거리를 두고 마주 앉아 여기까지 오게 된 사연을 조심스럽게 꺼내기 시작했다.

선주는 새벽에 일찍 병원을 나와 콜택시와 예약된 곳으로 나갔다.

"좌석리요." 선주가 기사에게 다시 목적지를 확인했다.

"병원 앞인 걸 보면 입원하셨나 봐요."

"아, 네 네."

"이 새벽에 좌석리는 왜요?"

"친구네 집에 급히 갈 일이 있어서요."

선주는 둘러댔다. 어스름한 시골길을 가는 동안 거울에 비친 자신의 모습을 보고 숨겨진 진짜 송선주를 그려보았다. 이른 아침 온갖 식물들이 내뿜는 상큼한 향기를 즐길 마음의 여유가 없어 택시 안에서 앞일을 놓고 상념에 잠겨 있을 뿐이었다.

'이게 아니었는데…'

"저기가 단산저수지시더. 자재기길 입구는 더 올라가야

해요."

　기사의 안내에 선주는 잠시 망설이다가 저수지보다는
자재기길을 택하기로 마음먹었다. 자재기길은 그녀에게 연
고지 이상의 의미가 있었다.

　자재기길 입구가 저만치 보이자 선주는 택시에서 내렸다.
물체가 분간될 만큼 제법 희붐해졌다. 전에 가끔 두레골과
배점까지 산행한 적이 있어 그리 낯설진 않았다.

　봄이 되면 남편과 산나물을 뜯던 장면이 어른거렸다. 송
이를 따러 온 산을 뒤져도 피곤한 줄 몰랐다. 선주는 병이
들기 몇 년 전에 남편이 교통사고로 사별한 후 다시는 오
지 않겠다고 다짐했던 곳이 소백산 기슭인 여기였다.

　그때는 살기 위해 이곳에 있었지만, 지금은 죽기 위해 올
라가고 있으니 마음이 복잡했다. 더욱이 추석이 며칠 남지
않았는데도 여름 같은 날씨에 끝을 내려니 가슴이 찢어질
듯 아려왔다.

　영주시 단산면 좌석리.

　좌석은 '앉은 돌'이란 뜻으로 이 골짜기 한가운데 집채만
한 바위가 앉아 있다고 해서 붙여진 이름이다. 한때 좌석초
등학교가 있었던 이 마을은 남쪽으로는 옥대, 북으로는 고
치재, 서쪽으로는 자작재로 가는 세 갈래 길이 있는데 삼거
리보다는 흔히 사거리로 불리었다.

또한 소백산의 기운을 받은 작은 봉우리들로 둘러싸여 있고, 그 사이로 좁고 긴 골짜기를 따라 물줄기가 이어진다. 자재기길은 소백산 열두 번째 자락길 중에 하나이다. 사거리에서 자작재를 넘어 두레골까지 가는 길이다. 산이 깊고 계곡물 소리는 크지만 전답이 적다. 대신 산에서 나는 먹거리는 풍부하다.

　산이 좋아 선주는 산림공무원으로 근무하는 남편과 조그마한 농가 주택을 사서 한때 이곳에서 살았었다. 세월이 지나 남편은 죽고 자신은 딸에 얹혀살며 중풍과 투병하고 있는 맥 빠진 모습이 정말 싫었다. 아침 햇살을 받은 물웅덩이에 비친 자신의 얼굴이 일그러져 보이는 걸 참기가 어려웠다.

　준우가 앞서 농담 반 진담 반 선주와 실랑이를 벌일 때와는 달리 선주에게 발병 과정을 듣고 싶다고 말했다. 선주는 차분히 경청하는 그의 태도가 마음에 들어 발병 당시의 상황에 대해 눈시울을 붉히며 조곤조곤 얘기했다.

　선주는 금년 봄 아침 시간을 잊을 수가 없다. 새벽에 화장실을 가려고 일어서는데 자신도 모르게 쓰러졌다. 벽 모서리에 머리를 부딪쳤다. 헛발을 디뎠나, 하고 정신을 차리고는 다시 몸을 일으켰다. 다리가 말을 듣지 않았다. 한쪽이 힘이 들어가지 않음을 느꼈다. 머리가 아픈 듯 어지러운 듯 멍했다. 속이 울렁거렸고 입과 눈마저 한쪽으로 쏠리는 듯했다.

전날 친구가 생강 도넛을 사 왔기에 배가 출출하던 차에 순식간에 한 통을 다 먹어버린 것이 화근이 되었나, 라고 잠시 생각해 보았다. 약 보관함에서 소화제를 찾아 먹어 보고 진통제도 먹어 보았다. 머리는 맑아지는 듯했으나 오히려 토하고 싶어 화장실을 엉금엉금 기어서 갔다. 119에 실려 온 게 아침 출근 때였다. 뇌 MRI, 조영술과 기본검사를 받았다.

"송선주님." 주치의가 불렀다.

"아, 네 네." 발음이 제대로 안 되어 버벅거렸다. 불안해서 콩닥거리는 가슴을 억누르고 있었다.

"뇌경색 중풍입니다." 주치의로부터 결과를 전해 듣고는 고개를 떨구었다. 좌측 중대뇌동맥의 큰 가닥이 막혀서 좌뇌의 바깥 부위가 기능을 못 한다는 것이었다.

그녀는 순간적으로 반신불수로 힘겹게 길을 걸어가는 사람들의 모습이 떠올랐다. 특히 시집살이를 모질게 만들었던 못된 시누이가 떠올랐다. 반신불수로 나중에는 말도 못하고 걷지도 못하고 누워서만 지내야 했다. 시누이가 천벌을 받은 것이라고 마음 한편에 복수심을 갖고 쾌재를 불렀던 때가 있었기 때문이다. 자신이 그렇게 되었다고 생각하니 숨이 막힐 지경이었다. 갑자기 서러움이 북받치며 눈물과 콧물을 목구멍으로 삼켜야 하는데 뻑뻑해 잘 넘어가질 않았다. 혀가 뻣뻣하고 심장이 금방 멎을 것 같았다. 머리가 화끈거리고 진땀이 나더니 토했다. 어딘가 뛰쳐나가 실컷 목 놓아 울어버리고 싶지만, 몸이 말을 듣지 않으니 부화만 났다.

성준우는 어제 이곳에 왔다.

지난주 주치의자 친구인 권 박사는 3개월을 넘기지 못할 것이라고 말했다. 그리고 신변정리를 하라고 설득했다. 금년 크리스마스는 교회에서 조용히 마지막 성탄 예배를 드리도록 권유받았다.

재작년 3월 아내가 자유로에서 교통사고로 사망을 하자 심한 스트레스를 받았다. 그는 지난주에 캐나다로 출가한 외동딸 서정이에게 다녀왔다. 그리고 마지막으로 26년 전 아내와 처음 만났던 소백산으로 왔다. 그는 지난밤 아내를 생각하며 그 절벽 위에서 하룻밤을 보냈다. 준우가 아내를 처음 만난 곳은 지금은 없어진 좌석초등학교 가을 운동회 운동장이었다.

아내도 혼자서 소백산에 등산을 왔다가 시골 학교 운동

회를 구경하고 있었다. 두 사람은 마음이 맞아 도보로 험한 고치재를 넘어 마락까지 손도 잡고 밀어주고 당겨주면서 정이 들었다. 저녁이 다가오자 차를 불러 단양의 남한강 야경을 즐겼다.

준우는 어제 하루 아내와 함께 걸었던 소백산 등산로 길을 더듬어 걸었다. 그런데 생각지도 않게 중년의 어떤 여인이 고개를 올라오고 있었다. 그녀는 오른쪽 반쪽이 마비된 중풍 환자였다. 그녀는 전적으로 지팡이에 의지하지는 않았지만, 등산로에 쓰러진 통나무를 넘지 못해 쩔쩔매기에 준우는 손을 잡고 도와주었다. 그리고 물병도 건네주었다.

준우는 처음 그녀를 봤을 때 마음속으로 무척 놀랐었다. 그녀는 아내와 너무 닮아 있었다. 갸름한 얼굴과 짙은 눈썹, 뒤로 빗겨 내린 머리 모양까지 너무 비슷했다. 조금 전 손을 잡았을 때 아내의 체취가 콧속으로 확 스며드는 것 같았다. 그래서 준우는 유심히 그녀의 행동을 쭉 지켜보고 있었다.

그런데 준우가 지난밤 그랬던 것처럼 그 여인이 절벽 위에서 서성거리고 있었다. 바위 뒤에 숨어서 살피던 그는 갑자기 장난기가 발동했다. 처음에는 말장난으로 "아줌마, 눈 질끈 감고 뛰어내리셔." 하고 그녀를 놀리며 짓궂게 굴었다. 그러자 그녀가 "죽긴 누가 죽어요." 하고 발끈하며 두 눈을 동그랗게 뜨고 대드는 모습이 아내의 표정과 똑같았다.

살아생전에 아내의 행동과 어쩜 저렇게 똑같을까?

급기야 준우는 장난치는 척하며 그녀와 어깨동무를 해 보았다. 그녀는 아내처럼 자기의 외로움과 아픔을 이해해줄 것만 같았다. 앙탈을 부리던 그녀가 조금씩 마음이 풀어지는 것도 그렇고 몸이 반응하는 것도 그랬다.

준우는 그때 알았다. 그녀를 등 뒤에서 꽉 안을 때 뛰고 있는 자기의 심장과 손바닥으로 전해오는 그녀의 심장이 빠르고 크게 느껴졌다. 박동의 리듬감 또한 닮아 있었다. 그녀도 자기처럼 절망과 외로움에 지쳐 극단적 선택을 하러 이곳을 찾아왔으리라.

그래서 그는 처음 만난 그녀에게 쉽게 자기 신상에 관한 이야기를 털어놓은 것이다. 그녀 또한 퇴원해도 딸에게 갈 형편이 못 된다고 은근히 속내를 내비치며 공감대를 만들어 갔다.

"음, 그랬구나. 자살할 충분한 이유가 되네." 준우가 진지하게 말했다. 그는 선주의 자살 동기를 이해할 수 있었다.

"난 홀아비, 송 여사도 홀몸. 이건 큰 인연인데…"

"…"

"난 어차피 3개월이 되는 12월 23일까지 살기 힘들어요. 송 여사도 내가 보기엔 3개월 전에 자살할 사람이야."

"건 어떻게 알아요?"

"나도 사람 볼 줄 알아요. 송 여사는 한번 결심하면 바꿀 분이 아니요. 내 말 틀렸어요?" 그가 선주의 눈을 뚫어지게 쳐다보며 말했다.

"어떻게 아세요?" 선주가 속마음이 들킨 걸 부끄러워하며 묻자,

"다시 말하지만 송 여사 같은 분은 한번 결정하면 절대로 안 바꿔. 순미도 그랬으니까." 무심코 한 말에 아내 이름이 튀어나왔다.

"순미가 누구예요? 사별한 부인?"

"맞아요."

"…"

잠시 흘렀던 침묵을 깨고 그가 제안했다.

"우리 이렇게 합시다. 내가 12월까지 죽지 않으면 그땐 병원으로 송 여사를 데리러 가리다. 그전에 죽으면 할 수 없고… 어때요, 내 제안?"

"글쎄요."

"송 여사야 손해날 거 없지. 오늘 죽을 걸 3개월 뒤에 죽으면 되니까."

"선생님 말을 어떻게 믿죠?"

"그것도 그러네, 이게 약속의 표시요." 그가 갑자기 목에

걸고 있던 작은 십자가를 벗어서 그녀 목에 걸어주었다.

"캐나다 딸이 준 거요. 송 여사, 주머니 속에 든 거 줘요."

그녀가 한참 머뭇거리다가 주머니 속에 든 유서를 꺼내주자, 준우는 자기 유서도 꺼내 같이 쭉쭉 찢었다. 그리고 절벽 밑으로 던져 버렸다. 유서는 이른 봄에 피는 하얀 목련 꽃잎처럼 절벽 아래로 나풀거리며 떨어졌다. 마치 세상에서 부대끼며 받아온 상처투성이인 자신들의 삶의 껍질들을 날려 보내는 이벤트라도 하는 듯 둘의 가슴이 뭉클했다.

"갑시다, 송 여사. 병원에 데려다줄게." 그가 선주의 손을 잡아 일으키며 말했다. 선주는 쐐기를 박았다.

"크리스마스 이브 꺼정 안 데리러 오면 죽을 줄 알아요."

"예, 마님! 그땐 맞아 죽어도 싸지, 어허허. 송 여사도 지팡이 없이 나 만나야 돼요."

"재활 열심히 할거예요."

두 사람은 산적굴 절벽 위에 죽으러 왔다가 3개월 뒤에 다시 죽기로 하며 산을 내려가기 시작했다. 등 뒤에서 이름 모를 새가 따라오면서 애절하게 울어댔다. 자살을 거꾸로 읽어보라고 보채는 것 같았다. 두 사람은 서로 팔짱을 끼기도 하고 약한 쪽을 감싸주면서 소백산 자락길을 천천히 내려가고 있었다.

그런데 중간쯤 가다가 갑자기 그녀가 의식을 잃고 쓰러졌다. 준우는 놀라서 그녀를 들러업고 마을로 내려갔다.

간호사실이 발칵 뒤집어졌다. 회진시간인데도 707호실 환자가 병원 내에도 없고 연락이 두절됐기 때문이었다. 새벽 활력징후는 기록이 되어있었으나 간호사들이 다른 병실로 가 있을 때를 틈타서 외출증 없이 자의로 빠져나간 것이다. 평소 송선주는 시간관념이 철저하고 병원생활에 모범을 보여 온 터라 늦는다면 반드시 미리 알려줄 성격이었다.

"병원 간호사인데 송선주님 친구분 되세요?"

"네, 그런데요."

"선주님이 친구한테 가신다고 외출하셨거든요. 연락이 안 돼서요."

"여기 안 왔는데요. 선주한테 무슨 일 있어요?"

그녀의 친구 혜숙의 걱정스러운 질문에 간호사는 자초지종을 간략히 말하고는 협조를 부탁했다. 긴급 미팅이 열렸고 전화통이 불이 났다. 만일에 대비해 112로 신고를 했다. 혹시라도 단서를 찾을까 싶어 선주의 병상 옆에 있는 소지함을 확인했다.

모든 소지품이 가지런히 정돈되어 있었다. 침구류와 환의는 머리맡에 차곡차곡 개어있었다. 평소 입는 옷은 작은 캐비닛에 걸려 있었고 세면도구와 여타 생활용품은 소지함에 가지런히 놓여 있었다. 어디도 암시가 될 만한 정보를 찾을 수가 없었다.

마지막으로 냉장고를 열어보았다. 김치통 밑에 편지 봉투 모서리가 보였다. 봉투 앞면에, '사랑하는 딸에게'라고 쓰여 있었다. 딸에게 몇 번 전화를 시도했으나 연결이 되질 않았다.

"혹시 사고나 극단적인 행동 여부에 대한 실마리 찾는 데 힘쓰시고 다른 병원에도 알아보세요. 부서별로 한 사람씩 차출해 뒷일을 처리하고 그 외는 자기 업무를 보세요. 환자의 수신 거부와 발신 여부도 자세히 알아보시구요."

병원장의 지시에 따라 행정 책임자가 세부 사항을 전담하고 미팅이 끝났다. 원무과 직원 원미가 평소 선주가 잘 가던 장소를 찾아다녔다.

"요즈음 참 힘들어했는데 좀 더 다가가서 들어주고 마음을 나눌걸." 간호팀장의 말에 미화원이 맞장구쳤다.

"딸이 아프고 형편이 말이 아니라더니 갑자기 큰일이 생긴 게 아닐까?" 물리치료사가 며칠 전 치료하면서 나눈 이야기를 상기하면서 말을 꺼내자 원무과장이 말을 이었다.

"조금 전에 겨우 딸과 연락이 됐는데요. 점심시간 지나서 도착한데요."

"어느 병원으로 갈까요?"

"입원하고 있는 곳이 꽃동산 로타리에 있는 병원이에요."

"그럼 거기로 갑니다."

구급차 사이렌 소리를 들으면서 준우는 선주를 살폈다. 그는 이 사람들에게 일일이 자초지종을 말할 필요가 없다고 생각했다. 다만 잠시 함께 산행하면서 선주가 힘들어했던 내용을 있는 그대로 병원 측에 전달하면 자신의 임무는 끝이라고 생각했다.

구급차가 병원 앞에 도착했다. 미리 대기하고 있던 진료진이 급히 응급처치를 시작한 지 얼마 안 돼 선주는 깨어났다. 대롱대롱 매달려 있는 수액 주머니들이 희미하게나마 눈에 들어왔다.

"여기가 어디예요? 병원이네요."

"절 알아보시겠어요?" 전해질 균형이 깨진 열사병이에요. 자칫 잘못하면 자살 행위나 마찬가지라고 주치의가 설명했다.

"아, 네. 선생님! 자작재에 있었는데…" 아직은 사물이 약간 뿌옇게 보이고 소리는 작게 들렸다.

"엄마, 나야. 인순이." 발을 동동 굴리고 있던 딸이 입을 열었다.

"인순아 왔니? 이런 꼴 보여 미안하다." 딸은 대꾸도 하지 않고 한동안 선주의 팔다리를 주물렀다.

"엄마. 이 봉투는 뭐야?" 딸은 봉투를 내밀며 울먹거렸다.

"죽는 것도 마음대로 안 되는구나. 넌 괜찮니?" 선주의 눈가에 눈물이 주르르 흘렀다.

"어떤 나이 든 남자가 선주님을 모셔 와서 상황을 자세히 설명하셨어요. 깨어나면 뭐 사드리라고 이십만 원 용돈을 주시고는 말 붙일 틈도 안 주고 급히 상경한다고 하셨어요."

눈물을 닦아주며 병상을 지키던 간호과장이 귀로에 있었던 상황을 들은 대로 소상히 들려주었다.

선주는 이튿날 회복되고 나서 병원이 천국처럼 느껴졌다. 간호사들이 천사처럼 보였고 선생님들이 가족 같았다. 짜증 대신에 이들의 손길이 너무나 고마웠다. 전에는 손톱 밑의 가시로 보이던 것이 지금은 이상하게도 아무렇지 않았다. 나간 길과 돌아온 길이 이토록 차이가 날까, 라고 선주는 생각했다.

외견상 달라진 게 없는데도 보고 생각하고 행동하는 것이 달라진 걸 알았다. 그녀에겐 병원에 다시 돌아온 귀로가 인생 후반기 새 출발의 기회였음을 감사했다. 그땐 체념에 사로잡혀 저지른 산행의 결과가 영혼이 상처받을 일이라는 걸 깨닫지 못했다. 하지만 그녀의 몸이 쓰러져 잠시 정신을 잃은 대신 영혼이 살게 된 셈이다.

그녀에게 행복감이 밀려왔다. 의식을 잃고 돌아오는 길이 오히려 사는 길이 됐기 때문이다. 여태 병든 몸이 눈을 흐리게 했고 생각에 부정적인 불을 지폈던 걸 반성했다. 병실 창으로 멀리 소백산을 보다가 주머니에 넣어둔 자락길 안내도를 꺼냈다. 열두 번째 자락길 지도를 일일이 손가락으로 짚어 가며 생각에 잠겼다.

"그 사람, 정말 신사적이야."

선주는 그 남자가 자신에게 행동한 것이 동료애라고 생각했다. 그의 행동은 한적한 곳이라도 예의가 있었고 여자의 의사를 반드시 물어보고 도와주었다. 산행 중에 말한 그의 격려가 깊숙이 파고 들어왔다.

그 후에도 선주는 그 남자를 생각할 때마다 잠을 설쳤다. 기분이 안 좋을 때는 그 남자를 생각하는 버릇이 생겼다. 치료도 더 부지런히 받았다. 자신의 재능과 장점을 다시금 정리해 보았다. 지금 당장 써먹을 수 있는 것도 여럿 있었다.

그 남자 때문에 내가 다시 산 거야. 살아가야 할 이유도 찾은 거고. 선주는 남자에 대해 고마움을 어떻게 표현할지 몰라 적어둔 전화번호를 만지작거렸으나 먼저 걸기에는 왠지 어색했다. 사랑하는 사이가 무엇이냐고 물으면 병을 같이 앓고 재를 같이 올라가서 자살하려던 사이라고 자신 있게 말할 것 같은 심정이었다.

'그 남자는 왜 전화가 없지? 쪽지를 잃어버렸나? 아니면 3개월 시한부라고 하더니 고인이 됐나?'

선주는 궁금했다. 얼마 후 문자를 보냈다. 답이 없었다. 전화를 걸었다. 반응이 없었다. 몇 번이고 허탕이었다.

첫 눈송이가 창문에 부딪혀 녹아내렸다. 선주는 첫눈 오는 날 만나자는 약속을 지켰네요, 라는 영화 속 대사가 기억났다. 3개월 전 둘이서 어렵게 맺은 약속이 선명하게 기억나듯이.

"사실은 자살하려고 여길 왔었죠. 낭떠러지에서 몸을 던지려고요. 여의치 않으면 먹을 약까지 준비해 왔거든요."

"전 느낌으로 알고 있었죠."

"그럼 아시면서도 모르는 체한 거예요?"

"무슨 재더라… 아, 자작재에서도 낌새가 이상해서 약수 뜨러 가는 척하고 산모퉁이에서 지켜보고 있었댔죠. 제가 바봅니까?" 준우는 그녀가 불편한 몸으로 자작재 길을 올라오는 것을 자세히 보고 있었다고 했다.

"감기 걸렸어요?" 준우가 걱정스레 물었다.

"아뇨. 곰곰히 생각해 보니 죽으려고 생각했던 것이 어리석었네요. 나보다 더 어려운 사람들도 많은데…" 선주는 감정에 북받쳐서 콧물을 훌쩍거렸다.

"그런 생각이 들어요?" 준우가 선주의 눈을 뚫어지게 쳐다보며 말했다. 그때의 기억이 오늘 만난 것처럼 기억이 생생했다.

창밖 아래 맨몸으로 겨울을 이겨내는 목련나무가 눈에 들어왔다. 얼마 전 병원 바깥 비상계단 통행에 방해가 된다고 일부 가지치기를 당한 나무였다. 여자의 다리만 한 가지 하나가 잘려나갔는데도 의연하고 힘차게 봄을 맞을 준비를 하고 있었다.

하지만 그 남자가 죽고 없으면 난 아무 의미 없어, 하고 몸을 창밖으로 날리려고 하는데 누군가 문을 급히 열어젖혔다. 문소리에 깨어보니 꿈이었다. 재활치료가 힘들었는지 잠시 졸았던 모양이다.

선주가 금년 봄에 뇌경색으로 쓰러진 것은 사위 권달호 때문이었다. 선주는 남편이 교통사고로 갑자기 죽자, 퇴직금으로 전세로 살고 있던 아파트를 샀다. 그리고 월세로 살고 있던 딸과 사위를 같이 살게 했다. 그런데 사위 권달호가 사업을 한다며 보증을 서달라고 했다. 그런데 사업이 부도가 나서 길거리에 나앉게 된 것이다.

그 아파트가 어떤 아파트인데… 남편의 퇴직금과 교통사고 보상금으로 마련한 아파트였다. 평생을 말단 공무원으로 성실하게 살아온 남편의 목숨과 맞바꾼 아파트였다. 그런데 그 아파트가 경매로 넘어간 것이다.

이런저런 생각을 하고 있는데 초가을에 만난 그 남자를 다시금 생각했다. 가만, 어제가 12월 23일 오늘은 24일, 그 남자가 죽는다고 말한 3개월째 되는 날이 지났다. 그는 자작골에서 헤어질 때 마지막으로 농담처럼 말했다. 자기가 만일 3개월을 살수만 있으면 12월 23일 자기를 데리러 오겠다고 말했다.

그는 암으로 죽었을까? 아니면 아직도 살아있을까?

그가 약속한 날이 하루가 지났는데도 아직 미련이 남아 있었다. 아! 미치겠다고 중얼중얼거리자 선주는 왈칵 울음이 터져 나왔다. 준우씨가 죽었구나, 하고 선주는 지금의 몸으로 더 이상 살아봐야 갈 곳도 없고, 살아야 할 이유가 없다고 생각하면서도 실낱같은 상상을 해보았다. 그녀는 시한부 인생을 살면서도 실실 웃으며 죽음을 남의 일처럼 말하는 그 남자가 그리웠다. 그때 그 남자와 같이 절벽에서 뛰어내릴걸. 지금 7층 병실 창문에서 뛰어내리면 죽을까?

선주는 창문을 열고 밖을 내려다보았다. 하늘에는 진눈깨비가 내리고 있었다. 그런데 병원 앞에는 도떼기시장 같았다. 보도 옆에는 다섯 개의 간이 부스가 설치되어 있었다. 아참, 오늘 병원에서 바자회를 한다고 했지. 그녀는 창문을 열고 뛰어내리면 죽을 수 있나, 하고 밑을 내려다보았다. 꿈속에서는 못 뛰어내렸지만 지금이 기회가 아닌가, 하고 적당한 위치를 찾으려고 두리번거렸다.

"엄마, 이거 먹어." 갑자기 등 뒤에서 꼭 껴안으며 쫓기듯 숨을 몰아쉬는 원미 목소리가 들려왔다. 그리고 김이 모락모락 나는 떡볶이 접시를 내밀었다.

"뭐야 이건."

"엄마 주려고 조금 가져 왔어."

"어젯밤에는 판매할 떡볶이가 부족할 것 같다고 걱정하더니."

"오호호, 아무렴 장사꾼이지만 엄마를 굶길 수는 없잖아." 원미가 목덜미를 꼭 껴안고 얼굴을 비비며 말했다.

"얘, 징그럽다 손 치워." 어느새 원미 손이 스웨터를 파고 들었다.

"엄마 젖 참 따뜻하다."

"남들이 보면 어쩌려고. 다 큰 처녀가. "

"그래도 엄마 가슴이 좋은 걸 어떡해. 엄마, 나 오늘 엄마

옆에서 자도 돼?”

"언젠 물어보고 잤니?"

"엄마 냄새 참 좋다."

"다 큰 게 어린애같이. 떡볶이 맛있게 먹을게."

"엄마 바자회 끝나면 맛있는 거 사다 줄게. 먼저 자지마."

그렇게 말하고는 원미는 병실을 나가 버렸다. 불쌍한 원미, 이 바자회는 병원 원무과에 근무하는 송원미 때문에 처음 시작되었다. 벌써 12년 전 일이었다. 초등학교 1학년생 원미는 할머니와 둘이서 살고 있었다. 서울에서 택시 운전을 하던 아버지가 엄마와 함께 귀갓길에 교통사고로 죽자 원미는 할머니에게 맡겨졌기 때문이다.

기초생활수급자로 어렵게 살았던 할머니가 고추밭에서 일하다가 넘어져 허리를 다쳤다. 할머니가 병원에 입원하자 원미는 갈 곳이 없어 병원 측의 배려로 할머니와 같이 병원에서 살았다. 원미는 병원을 자기 집처럼 생각했다. 원미는 붙임성이 있고 귀여워 입원한 환우들도 원미를 좋아했다.

할머니가 세상을 뜨자 원미는 갈 곳이 없었다. 원미에게는 병원이 생활 공간이었다. 사정을 잘 아는 병원도 어쩔 수가 없어 원미를 그냥 두었다. 원미는 병원을 자기 집처럼 생각했다. 숙제하거나 학교에 무슨 일이 있으면 병원 직원들에게 도움을 청했다. 원미는 그렇게 병원에서 컸다. 병원에 근무하는 모든 직원은 원미의 가족이었다. 원미 또한 가족 모두를 즐겁게 하고 편하게 하는 딸이었다.

그런데 원미의 학비가 문제였다. 숙식은 병원에서 지내면 되는데 수업료가 문제였다. 그래서 직원들끼리 의논하고 생각해낸 것이 바자회였다. 매년 크리스마스 이브에 병원 앞 도로변에서 바자회를 열었다. 그 수익금으로 수업료를 내고 나머지는 불우이웃돕기를 했다. 그렇게 원미는 병원에서 성장하여 여상을 졸업하자 병원 원무과에 근무하게 되었다.

그런데 최근에 원미는 701호실에 입원해 있는 송선주 중풍 환자를 엄마라고 부르며 몹시 따른다고 했다. 부서장이 그 환자의 입원비를 원미가 지불한다고 했다. 병원에서 자란 원미는 천성이 착하고 성격이 밝았다. 정말 원미가 입원비를 대납하고 있다면 병원에서 어떤 조치를 취해야겠다고 병원장은 생각했다. 월급은 모아서 시집갈 때 써야지, 하면서 희망을 주며 위로해 왔지만 배려가 더 필요했다.

어제 23일은 성준우가 선주를 데리러 오겠다고 약속한 날이었다. 그런데 그는 오지 않았다. 선주는 어제 하루 종일 준우를 기다렸다. 부산 딸네 집에도 갈 형편이 못 되는 선주에게 준우는 유일한 희망이었다. 선주는 지난 3개월 동안 하루도 그를 잊은 적이 없었다. 사람은 희망에 살고 절망에 죽는다. 지난 3개월 동안 그를 생각하며 희망에 차서 열심히 재활에 매달렸다. 몸도 이젠 정상에 가까워졌다. 그런데 그가 죽었다면 재활이 무슨 의미가 있겠는가? 차라리 그때 둘이서 같이 죽을걸, 하고 선주는 손으로 눈물을 다시 훔쳤다. 어젯밤에 부산에 있는 딸이 전화했다.

"엄마, 낼 퇴원 수속해. 이젠 건강도 좋아졌으니 집에 가."

선주는 이런저런 생각에 잠이 오질 않아 뜬눈으로 밤을 지새웠다. 간호사로부터 퇴원 후 건강관리에 대한 설명을 들은 후 관리표는 찢어버리고 소지품 몇 가지만 챙겼다. 짐이라고 해야 달랑 가방 하나가 전부였다.

성준우가 죽었다면 이젠 병원에 있어야 할 이유가 없었다. 지난 3개월 동안 그녀는 밤마다 그가 자기를 데리러 오는 꿈을 꾸었다. 그에게 짐이 되지 않기 위해 열심히 재활운동도 했다. 그런데 그가 죽었다면 모든 것이 꿈이었다.

"딩동 딩동." 병실에서 아침밥을 먹고 있는데 갑자기 폰이 울었다.

"여보세요."

"엄마, 나야. 열 시쯤 영주 도착할 거야. 짐 쌌지?"

"그래."

부산에서 올라오는 딸이 열 시쯤 병원에 도착한다고 했

다. 선주는 부산 딸네 집에 가는 것이 죽기보다 싫었다. 하루 종일 지하 단칸방에서 지내기보다는 차라리 죽어 버리자, 라고 마음 먹고 갈 곳을 꼽아 보았다. 이번에는 꼭 꼭.

차라리 지난 9월 산행길에서 준우를 만나지 않고 그냥 절벽에 뛰어내려 죽었더라면 더 좋았겠다는 생각이 또 들었다. 이 양반 못 믿을 사람인가? 산을 내려가면서 진지하게 주고받았던 얘기는 물거품이 되었나? 죽을 용기와 힘을 살아내는 데 쓰자고, 자살도 살인이라고, 지금부터의 삶은 덤이고 증정품이라고, 오늘은 다시 태어난 날이라고 사람을 살리는 말을 해주었던 남자였는데.

봄나물은 혹한을 잘 견딘 놈이 영양가가 더 많다고 해놓고… 병실 벽시계가 아홉 시 반을 가리키고 있었다.

"딩동 딩동 딩딩 동동" 도대체 누구야. 아침부터 짜증나게. 선주는 폰을 들었다. 목소리가 날이 섰다.

"여보세요."

"송 여사, 나 성준우… 설마 자살 동반자를 잊진 않았겠지?"

"잊긴요!"

선주는 갑자기 목이 메어 겨우 대답했다. 준우는 그때 선주와 헤어지고 서울로 올라가지 않았다고 했다. 서울 살림을 정리하고 고치령 너머 마락리로 귀촌했다고 힘주어 말했다. 매일 등산이나 하고 지냈는데 이상하게 죽지 않고 몸이 건강해졌다고 했다.

"어제 왜 안 왔어요? 얼마나 기다렸는데…"

선주는 마음이 놓였다. 한편으론 화가 나기도 했다. 기다리는 줄 뻔히 알면서도 연락조차 않다니…

"거긴 눈이 많이 와 길이 막혔어요. 나 보고 싶었어?"

뜬금없는 목소리, 영락없는 개구쟁이였다.

"에잉 몰라, 지금 어디예요?"

"병원 후문, 빨리 내려오셔. 그냥 몸만 내려와요. 하나만 빼고 다른 건 마락집에 다 있어요."

송선주는 황급히 가방을 들고 다른 한 손으로는 지팡이 대신 간호사와 굿바이 하면서 인사를 나누었다. 엘리베이터를 탔다. 엘리베이터가 내려가는 동안 심장이 콩닥콩닥 뛰었다. 마음이 급했다. 그럴 리는 없겠지만 준우가 갑자기 사라져 버리면 어쩌나 노파심이 들었다. 후문을 향해 달려갔다. 저만치에서 트럭이 부르릉거리고 있었다. 트럭 앞 좌석 문이 벌컥 열리며 한 남자의 묵직한 목소리가 들렸다.

"빨리 타셔."

외딴방 할머니와
소녀의 사랑 이야기

"불쌍한 이것아! 누가 널 이 모양으로 만들었어?"

이옌 이모가 안타까워서 병원을 나올 때부터 줄곧 다그쳤다.

"이모, 모두 내 잘못이야. 다들 내게 최선을 다했어요."

왕수와는 불쑥 말하기 좋아하는 이모의 입을 다물게 하려고 자신이 알아서 한다고 했다.

"넌 억울하지도 않니? 환자 가족한테 그냥 있어? 요양원이나 정부에 아무 요구도 안 했어?" 중국에 있는 미국계 보험회사에서 일하는 이모로서는 맞는 말이었다.

"이모, 난 괜찮아, 그 얘긴 집에 가서 해."

수와는 공항 입구에 들어서자 재차 수다스러운 이모의

입을 막았다. 작년 옌타이공항에서 건강미 넘치는 조카의 출국을 지켜본 이모에겐 지금의 상태가 도저히 믿어지질 않을 것이다.

두 사람은 출국장으로 가기 위해 수속하는 중이었다. 그때 폰이 막 울렸다.

"수와 선생님, 매야 환자 보호자예요. 세상에, 이런 기적이… 선생님 덕분에 엄마는 상태가 좋은데 선생님이 걱정이에요. 몸 관리 잘해야 해요. 머지않아 다시 봐요. 그리고…"

"아, 네. 감사해요. 지금은 전화 받기가 좀…"

환자의 딸이 인사 전화를 걸어왔다. 수와는 상황이 여의치 않아 서둘러 끊었다. 한국을 떠나려고 하니까 말랐던 눈물이 주체를 못 할 정도로 한꺼번에 쏟아져 내렸다. 눈물샘은 분명 머리가 아니라 가슴의 펌프로 퍼 올린다는 걸 알기에 지금 이 순간 만큼은 마음이 움직이는 대로 그냥 내맡겼다.

처음에는 소녀티를 다 벗기 전이어서 세상살이에 익숙하지 못한 수와로서는 좋은 일을 찾아서 한 자신에게 왜 이런 불운이 닥쳤는지 이해가 잘 안 되는 게 어쩌면 당연했다. 조금 전 주위 사람들이 듣게끔 큰 소리로 말하려 했던 이모의 마음도 그랬을 것이다.

이모가 한국과 그 누군가를 향해 비난하는 걸 내버려 둬도 될 텐데 수와는 끝내 원치 않았다. 자신이 선택한 길이고 자원한 일이어서 지금은 딱히 누구에게 하소연할 필요가 없고 자신이 짊어져야 한다는 게 수와의 생각이었다.

부푼 꿈을 품고 발랄하게 입국장을 들어서던 때를 떠올려 보았다. 삼촌 말을 듣고 인삼 본고장에 가서 공부한다는 것이 신났다. 영주 풍기를 잘 아는 KT&G 상하이 지사장인 삼촌이 추천한 곳이기에 더욱 믿고 왔다. 그러나 지금은 내일이 불투명한 몸으로 출국하게 되다니! 중환자실에서 분노가 치밀고 짜증만 나던 치료 초기와 비교하면 그래도 마음을 추스른 편이다. 지금은 모두가 고맙고 잘될 거란 마음이 잡고 있지 않은가? 귀국했다가 여차하면 다시 오고 싶은 마음도 그래서일까?

출국장에서 바라본 인천 앞바다는 따사로운 봄날의 석양이 남긴 노을과 바다 위에 사뿐 내려앉은 까치놀로 장관이었다. 그 아래 해안도로를 따라 하나둘 켜지고 있는 가로등이 줄지어져 있는 모습이 마치 무엇을 형상하는 듯했다. 머리로는 도저히 풀 수 없고 어쩌면 가슴으로만 느낄 수 있는 상형문자였다. 그래서 황혼이 아름답다고 했던가.

머리로 따져봐서는 죽고 싶지만, 가슴으로 느끼는 뿌듯함으로 출국하고 있는 게 아닌가? 까치놀 틈새로 등대인 듯한 불빛 하나가 눈에 들어왔다. 누가 보든 보지 않든 외로이 그리고 꿋꿋하게 그 자리에서 자기 할 일을 하는 게 애처로웠다. 어쩌다 작은 선행 하나 해놓고 큰 보상을 받으려는 사람들과 같지 않은 등대가 오늘따라 가슴에 저며들었다.

잔뜩 웅크리고 앉아 있는 비행기들이 눈에 들어왔다. 자신을 포기하고 털썩 주저앉아 있는 게 아니었다. 단거리 선수가 출발선에 준비 자세를 취하는 것처럼 보였다.

힘차게 날아오르기 위해 저토록 예열하면서 에너지를 모으고 있는 모습이 자신을 일깨워주는 듯했다. 잠자리처럼 생긴 것도 새처럼 생긴 것도 전방을 뚫어지게 보면서 앉아 있는 모습에 자신을 비추어 보았다.

약속된 이륙시간을 기다리며 묵묵히 자기 일을 하는 말 못 하는 것들을 보면서 안달하고 불평했던 자신이 부끄러웠다. 화물을 실은 차들이 바삐 움직이는 걸 봐서 탑승시간이 얼마 남지 않은 모양이다.

눈을 들어 멀리 바라보았다.

머릿속에만 갇혀서 앞이 보이지 않았는데 시원스럽고 탁트인 게 가슴까지 후련했다. 며칠간 봄 강풍을 안고 짓궂게 따라다니던 이른 비가 멎고 난 뒤라서 그런지 아득한 수평선 위로 누워있는 고요가 지친 자신의 마음을 어루만지는 듯 느껴졌다.

수와는 출국하는 심정과 상황을 메모하고 싶었으나 마음이 내키지 않았다. 평소 지니고 다녔던 다이어리마저 친구를 통해 요양원의 팀장인 박성주 선임 복지사에게 보냈다. 수와는 탑승 안내 방송에도 냉큼 휠체어 브레이크를 풀지 못했다. 요양원에 두고 온 외딴방 매야 할머니와 팀장의 모습이 어른거려서였다.

수와가 의료복지타운 안에 있는 한 요양원에서 돌봐 주었던 중증 치매 환자는 뇌 기능으로 봐서는 외딴방에서 서서히 꺼져가는 호롱불 심지와도 같았다. 아니 이미 칠흑같이 캄캄한 관속에 있는 거나 진배없는 구순의 할머니였다. 사랑을 받을 줄도 할 줄도 몰라 실낱같은 희망마저도 없었다. 그러나 친할머니와 오버랩 되어 최선을 다해 돌보았다.

특히 기억기가 망가져 외계인처럼 동떨어진 생각과 행동을 하는 중증 치매 환자의 뇌를 외딴방이라 부르기로 한 요양원 관계자들의 결정은 아주 시의적절했다. 다소 혐오스러운 치매의 명칭을 바꾸어 부르자는 자신의 제의를 받아 준 요양원이 너무도 자랑스러웠다.

어릴 때부터 바른 몸가짐이 배인 세 살 버릇이 여든까지 간다는 얘기를 친할머니로부터 들은 가정 교육을 실천한 곳이었다. 또한 황혼이 아름다우려면 어떻게 살아야 할지 환자를 통해 많은 것을 배우고 깨달았다.

비행기가 이륙하여 공중을 선회하자 지상의 불빛이 점점 희미해져 갔다. 밤하늘에서 내려다본 지상은 형체도 보이지 않고 그냥 심연이었다. 저 속에서 다들 하늘을 닮은 사람들이 하늘같이 넓은 마음으로 살지 못하고 좁은 땅덩어리에 매여 사는 모습이 상상되었다. 머리는 크지만 텅 비어있고 가슴이 좁고 작은 사람들이 모여 있으니 세상인들 온전하며 지구인들 깨끗하겠는가. 좁은 가슴으로 아웅다웅, 티격태격하며 살아갈 테지. 그나마 한국에서 삶의 의미를 깨치고 나서야 삶의 의지가 샘 솟듯 한 건 다행이었다.

수와는 자기도 모르게 목걸이에 손이 자주 갔다. 안정면 소재지에서 전화로 요양원 가는 길을 물었을 때, 내줄교차로까지 마중을 나와서 친절하게 안내해 주었던 팀장의 마음을 가슴에 걸고 있었기 때문이다. 수와는 목걸이 줄에 달린 18k 십자가를 만지작거리며 생각에 잠겼다.

박 팀장은 훤칠한 키에 한류 드라마의 주인공처럼 잘생긴 청년이었다. 무엇보다 수와가 공무원이 되고 싶어 어학 과정을 마치고 동양대 공무원 사관학교 입학 준비하는 데 도움을 주고 힘들 때 옆에서 진심으로 돌봐 주던 사람이었다. 수와는 그에게 호감을 가지고 있어 한국이 더 좋아진 것이다. 떠나올 때 수와는 팀장에게 이 꼴로 차마 눈물을 보일 수가 없어 마음의 표시도 못 하고 가슴에 담아 가기로 했다.

수와는 자기가 돌봐 주었던 외딴방 할머니가 생각 외로 좋아지고 있다는 소식에 보람을 느꼈다. 마음먹었던 대로 시도하던 맞춤식 회상치료 방법이 착한 치매로 변해가는 데 도움이 됐다고 한다. 백지장 같던 뇌도 사랑의 온도에 따라 재생될 수 있다는 믿음이 증명되었다는 데서 기분이 좋아졌다.

수와는 두 사람의 얼굴을 번갈아 가며 떠올렸다. 그리고는 그들과의 만남이 인연의 고리가 되어 가슴에 매달려 있음을 느꼈다. 그러기에 한국에서 유학하는 동안 그들과 함께 한 요양원 추억이 그토록 진하게 남았겠지. 중국어 과외로 두둑한 용돈을 벌 때의 기분보다 재능과 시간을 기부하면서 얻는 보람은 비교가 되질 않았다.

언제 다시 만날 수 있을까?

다이어리 군데군데 써놓은 속마음이 들키면 어떡하나, 하고 조바심이 났다. 갑자기 매야 할머니가 보고 싶었다. 먹구름처럼 잔뜩 끼어있던 하늘이 언제 그랬냐는 듯이 구름 걷힌 황혼의 아름다움을 느낀 수와의 마음이 이입된 할머니였기 때문이다. 회광반조(回光返照) 현상이라도 자주 있으면 좋으련만. 환자와의 첫 대면 장면이 또렷이 생각났다.

207호 생활실 문이 열리자 외딴방 매야 할머니가 수와를 물끄러미 쳐다보았다.

"니하오마?"

수와가 안녕하세요, 하고 중국어로 상냥하게 인사를 건넸다.

"니 머하냐고? 요런 쥐방울만 한 게 늙은이에게 니라니. 이런 망할 년! 또 죽이려 왔어? 오늘 니가 죽어봐라!"

할머니가 순식간에 수와의 머리카락을 두 손으로 움켜잡고 쥐어뜯으며 달려들었다. 수와는 갑자기 당한 일에 화들짝 놀라 어찌할 바를 몰랐다. 욕설을 해대며 달려드는 환자의 모습이 만화에서나 본 적 있는 마귀할멈 같았다.

뒤에 서 있던 박 선임이 잽싸게 환자 앞을 가로 막아섰다. 그가 자원봉사자로 봉사활동을 나온 수와에게 치매 할머니에 대해 사전에 얘기해 놓은 오리엔테이션도 아무 소용이 없었다.

"할머니, 그만 놔 줘요. 이 친군 유학 온 중국 학생이에요. 중국말로 안녕하세요, 하고 인사한 거예요. 할머니, 머리채 놓으세요."

선임이 수와의 미리채를 두 손으로 움켜잡은 환사를 날래며 말렸다.

"못 놔! 이 기집애가 나보고 니라고 불렀잖아."

156

"할머니, 지금은 글로벌 시대고 디지털 시대예요, 학생은 멀리 중국에서 왔어요, 중국."

"벌이고 땡삐고 난 몰라. 돼지 털이 나하고 무슨 상관이야. 어른도 몰라보는 넌! 오늘 맛 좀 봐라."

"아야야! 뚜이부치… 할머니, 잘못했어요."

두 손으로 머리채를 잡고 있는 할머니의 손아귀 힘이 얼마나 센지 수와는 아파서 눈물이 쑥 빠질 지경이었다. 수와는 무조건 할머니에게 잘못했다고 싹싹 빌었다. 정신이 없는 치매 할머니에게 무슨 말이 통하겠는가?

"에이, 내가 인심 썼다. 매야 할머니! 오늘 내가 할머니 동생 미야 찾아 줄게."

선임이 큰 선심이라도 쓰는 것처럼 말했다.

"미야?"

"할머니, 빨리 손 놓으세요. 그래야 학생하고 같이 동생 찾으러 가지." 그제야 매야 환자는 두 손으로 잡고 있던 수와의 머리채를 슬며시 놔 주었다. 수와는 흠칫하며 뒤로 물러났다. 그러나 포기하지 않고 할머니의 어깨를 껴안았다. 선임은 실종된 치매 환자의 여동생을 말한 것이다.

할머니는 일제강점기에 여동생을 보호하고 성노예로 끌려가지 않도록 원치 않는 조혼을 할 수밖에 없었다. 그녀는 동생을 지켜주지 못한 죄스러움과 한이 가슴 깊이 똬리 틀고 있는 것 같았다.

틈만 나면 동생을 찾으러 간다며 생활실 밖으로 나가려고 했다. 무단이탈하는 바람에 직원들뿐만 아니라 경찰이나 119구급대도 애로가 많았다. 그러기에 안정파출소는 요양원 주변을 수시로 순찰해야 했다.

"매야 할머니, 조금 전 중국 학생이 한 말, 이젠 오해가 풀렸죠?"

선임이 환자의 양손을 당겨 잡고 조곤조곤 얘기하자 환자는 멍한 표정을 한 채 창밖으로 고개를 획 돌렸다. 환자는 조금 전 행동을 전혀 기억하지 못하는 것 같았다.

그는 난처해진 수와의 손을 슬며시 잡아 환자의 손 위에 올려놓고 그 위에 자신의 손을 포개 얹었다. 그리고는 수와와 환자를 번갈아 쳐다보면서 미소를 지었다. 수와는 머뭇거리며 환자의 손을 잡는 순간 어릴 때 친할머니의 체온을 느꼈다.

넉넉한 형편이 아닌데도 손녀가 하는 짓이 영민하다고 늘 챙겨준 차우 친할머니의 울퉁불퉁한 손가락이 환자와 아주 닮았다는 생각이 들었다. 중국 원덩시에 살고 있던 그녀는 치매로 연락 없이 가출하여 행방불명이 되었다. 수와는 한국에 유학 오기 전에 6개월 동안 그녀를 찾아 원덩 시가지를 모두 뒤졌으나 찾을 수가 없었다.

수와는 못다 한 할머니 정이 더 그리움으로 응어리져 있었다. 요양원에 외딴방 환자 자원봉사 신청을 한 것도 그 이유 중 하나였다. 요양원에서 매야 할머니를 보자 동병상련의 마음이 솟구쳐 더 친밀감이 느껴졌다.

수와는 매야 할머니와 소통을 생각해 편하게 던진 인사가 먹히지 않자 그녀는 재차 다가가 공손하게 말했다.

"어르신, 안녕하세요."

그런데 느닷없는 답이 날아왔다.

"야, 이년아! 밥 줘."

외딴방 환자는 이번엔 밥타령이었다.

그녀는 복합질환을 앓고 있었다. 중증 알츠하이머 치매와 중풍이 겹친 환자였다. 수와는 고령인 데다 의사소통이 전혀 되지 않는 환자를 돌보는데 사전 정보가 필요했다. 이 환자를 맡고 있는 전임 요양보호사로부터 정보를 듣긴 했으나 토막 정보에 불과했다.

수와는 병균이 원인이 아닌 질환 중에서 상당수는 좋지 않은 인간관계에서 생긴다는 걸 중국의 친할머니에게서 경험했다. 할머니가 겪어온 여자의 일생에서 생긴 분노와 한, 우울과 슬픔, 근심과 공포 그리고 과도한 생각으로 사람의 몸, 특히 뇌를 녹슬게 한 것이다. 그러기에 뇌 속에서 나쁜 단백질이 쌓여 이것이 지우개 역할을 한다는 걸, 결국은 텅

빈 외딴방이 되고 만다는 것을 직접 목격했다. 수와는 매야 할머니에 대해 좀 더 자세히 알고 싶어 가족을 만날 날을 기다리고 있었다.

"엄마, 딸 왔어."

파란 바지를 입은 중년의 여인이 207호 생활실 문을 열고 들어섰다. 매야 환자는 알아보지 못하는지 딴전을 부리고 있었다. 수와가 마침 환자를 휠체어에서 침대로 옮기는 중이었다. 딸은 어머니가 좋아하는 먹거리를 봉지에서 꺼내 냉장고 속에 넣으면서 수와의 케어를 흘깃 보았다.

"안녕하세요? 따님이시군요."

언뜻 봐도 환자와 닮았기에 수와는 금방 알아차릴 수 있었다.

"네. 수와 씨에 대해 많이 들었어요."

두 손을 잡고 진심을 담아 대답했다. 그녀는 할머니의 3남 2녀 중 장녀이며 늦둥이 학생인 예찬이의 엄마라고 했다.

"전 봉사하러 왔어요. 중증 상태인 외딴방 할머니와 만나게 됐어요."

한국인도 아닌 중국 유학생 수와의 눈빛을 보고 예찬이 엄마는 고맙기도 하고 미안하기도 했다.

"어디 갔다 오셨어요?"

케어가 까다로운 환자를 돌보는 수와에게 딸이 물었다.

"점심 드시고 잠시 산수유 길을 산책갔다가 들어오는 참이에요."

수와는 봉사를 즐겨하는 듯 말투가 아주 경쾌했다. 딸은 곁눈질로 어머니를 케어하는 자세와 상황을 살폈다. 어머니가 침대에 안전하게 자리를 잡을 때까지 부단한 손놀림은 물론 자상함은 여느 봉사자들과는 다른 모습이기에 환자에 대한 마음 씀씀이를 알 수 있었다.

"친구 엄마는 공격적이다가도 찬양 부를 때만이라도 조용히 있다던데, 우리 엄만 저런 상태로 살아서 뭐해요? 줄곧 외딴방에 갇혀있던 노인네가 이곳에 와서 수와 씨로부터 받는 사랑을 한 번이라도 느낀다면 얼마나 좋을까 생각해 봤어요."

"치매 환자들은 다 그렇겠지요. 하지만 마음의 귀와 마음의 눈이 없어진 게 아니라 감춰져 있죠."

수와가 미소를 지으며 말했다.

"정신 나간 노인네를 돌보는 게 딸인 나도 힘들어서 죽겠는데 수와 씨 미안해서 어쩌죠?"

기어들어 가는 목소리로 힘없이 말했다. 그래도 최선은 다해야죠, 하고 수와가 말하자,

"빨리 천국으로 가시면 서로 편할 텐데 그것도 마음대로 안 되네요. 갓난아기가 될 때가 점점 많아질 텐데 걱정이에요. 어쩌죠? 어머나, 내 정신 좀 봐, 수와 씨에게 괜한 얘길 하고 있네."

딸이 미안해했다. 수와가 어른스럽게 말했다.

"그래도 오래 사셨으면 해요. 어르신 한 분이 도서관 한 개라고 하잖아요."

수와가 말하는 내용이 잘 와닿지는 않았지만, 딸은 참이해할 수 없는 중국 아가씨라고 생각했다. 한국으로 유학 보낼 정도라면 중국에서도 잘사는 집일 것이다. 더욱이 십대 소녀가 타국의 백 세 뇌 질환 노파와 씨름하는 걸 그녀의 부모가 안다면 얼마나 실망할까?

"수와 씨는 천사표예요. 외국인으로 어떻게 그런 마음을 가질 수 있죠? 그것도 노망이 든 꼬부랑 노인을 위해 봉사하다니요. 오늘 같은 주말은 밀린 공부를 하던가, 데이트하는 날일 텐데."

예찬이 엄마가 다시금 미안해하며 고마워하자,

"남친이 생기면 그럴게요. 할머니랑 있으면 전 많은 걸배워요. 할머닌 몸 대신 영혼이 아주 맑잖아요."

수와가 살짝 웃으며 대답했다. 수와의 생각을 듣고 딸은 입원하기 전 어머니가 심한 이상행동과 다른 복합질환으로 병원 치료를 중단해 달라고 의사에게 요청했던 일이 생각나서 얼굴이 뜨거워졌다.

찬이 엄마인 딸은 자기에게도 저런 딸이 있었으면 하는 생각이 들었다. 수다 떠는 체질이 못 되는 딸은 수와가 보여준 언행이 그냥 시간만 떼고 봉사확인증을 받아가는 게 아니라고 생각했다.

수와의 속마음을 읽은 딸은 어머니가 요양원 입소까지의 과정을 자세히 설명하겠다고 했다. 어머니의 병력과 지나간 삶의 궤적을 말하자 수와는 수첩에 꼼꼼히 받아적기 시작했다.

서울의 중요한 일을 제쳐놓고 딸 내외가 급히 어머니가 살고 있는 단곡 집으로 내려간 것은 TV에 방영된 노부부의 자살 사건 때문이었다.

'치매 노부부 투신자살'

화면 하단에 굵직한 자막이 나왔다. 목격자와 구조대원이 시신 상태를 증언하고 있었다. 노부부 허리가 줄로 묶여 있었다고 했다. 유서에 남기기를 할아버지는 할머니의 치매라는 긴 병을 수발하다가 지쳐버린 심신을 어찌할 수 없어 이 길을 선택한다고 했다. 자녀들 중에는 고위공직자도 있었다고 한다. 할아버지는 중견기업체의 간부 출신으로 부동산은 일찌감치 자녀들에게 나누어주었다.

더 이상 받을 게 없다고 생각한 자녀들은 노부부로부터 점점 멀어져 갔다. 중증 치매 환자를 돌보느라 외부와 단절하고 혼자서 긴긴 외로운 싸움을 이겨내기가 버거웠던 할아버지의 극단적 선택이 과연 옳은가 하는 문제는 우리 모두가 고민해야 할 현주소이다. 딸 내외는 이들 치매 환자 가족의 상황에 공감했다.

방송은 가족의 수고를 덜도록 제도화된 장기요양시설 이용을 권장하는 쪽이었다. 화면 속 장면이 장녀인 찬이 엄마는 자기 일로 다가왔다. 사실 그동안 큰소리만 치던 남동생들은 막상 어머니 병수발 분담 합의에는 선뜻 나서지 않았다. 동생들은 이런저런 이유를 달았다.

장남 부부가 어머니 일로 갈등이 가장 컸다. 장남은 자기가 어머니를 모셔야 한다고 했고, 올케는 다른 형제도 많은데 왜 우리가 모셔야 하느냐고 다투었다. 차남은 남들은 다 요양병원이나 시설로 가는데 집에서 누가 엄마를 지키고 있냐고 목소리를 높였다. 살아생전에 자주 찾아보고 살피는 효가 형식적인 제사의 효보다 낫다는 다수의 생각이 옳다고 느꼈다. 정신이 조금이라도 있을 때 서둘러 내려가 뵙는 게 도리라고 생각했다.

딸이 단곡 집에 들어섰을 때, 마당 한편에는 전에 없던

잡동사니가 산더미처럼 쌓여있었다. 어머니가 쓰다 버리거나 모아온 물건들이었다. 부엌에 들렀더니 음식 재료와 반찬통이 어지럽게 널려있었다. 어머니는 유효기간은 관심 밖이었다. 아니, 시간 개념이 없었다. 커피 병에 미숫가루와 검은 콩가루가 겹쳐 섞여 있었다. 부엌 한켠에는 시커멓게 그슬려 있는 냄비들이 볼썽사나웠다.

뒤 안 툇마루의 문설주를 의지한 채 멍하니 마루에 걸터앉아 있던 어머니가 엉뚱한 행동을 보였다. 오랜만에 나누는 인사에는 아랑곳하지 않고 보자마자 느닷없이 뜰에 있는 산수유나무를 손가락으로 가리켰다.

"야야, 저게 무슨 나무더라?"

산수유나무는 전쟁 때 피란 와서 단곡 집에 자신이 직접 심은 것이었다.

"엄마, 산수유."

"산수유?"

"응."

어머니는 졸린 듯 하품을 연발했다. 딸 내외가 얘기하는 걸 물끄러미 보다가 다시 같은 질문을 했다.

"저 나무 이름 뭐라꼬?"

"장모님, 산수유요."

이번에는 사위인 찬이 아빠가 대답했다. 똑같은 반복 질문이 이어졌다. 어머니는 태연하게 묻는데 딸은 짜증을 냈다. 딸은 어머니가 얼마 전 대상포진을 심하게 앓고 난 후 기억력이 더 떨어졌나보다 했다. 어머니는 전에는 산수유 박사였다. 그런데 산수유의 이름이 생각 안 난다는 건 전혀 뜻밖이었다.

딸은 처음에는 어머니가 자녀에게 관심 끌려고 일부러 그런 건 아닐까 돌려 생각해 보았으나, 최근 일련된 언행을 보아 치매의 증상이 폭넓어지고 심해지고 있었던 것이다. 중얼거림과 중언부언 외에도 엉뚱한 말을 하거나 지속 대화가 어렵고 언행 불일치를 보였다.

사이좋게 지내던 이웃들에게 느닷없이 벌컥 화를 내던가 싸움을 걸기도 했다. 쓸모없는 쓰레기를 모으기도 하고 가스레인지를 끄지 않은 바람에 화재가 날 뻔한 일이 자주 생겼다. 아버지 기일에 쓸 제사 장보기를 나간 사이에 이웃집에서 딸에게 급한 연락이 왔다. 딸이 집에 급히 도착하자 무엇이 타는 냄새가 나서 들어가 보니 레인지가 켜진 채 냄비 하나가 벌겋게 달아올라 있었다.

어머니가 보이지 않았다. 평소 어머니가 애지중지하던 보따리가 없는 걸로 보아 가출한 듯싶어 경찰에 신고했다. 금세 생긴 일이었다. 어머니는 어릴 적 살던 집을 찾아간다고 가출한 것이 틀림없었다. 어머니는 함흥이 고향이라 통일이 되기 전에는 가기 어렵다는 것을 기억하지 못했다.

딸은 어머니를 밤새 찾다가 새벽에 죽령휴게소에서 발견하였다. 죽령은 어머니에게 한 맺힌 곳이다. 피란길에 동생을 잃은 곳이고 큰 고개를 넘으면 북한 집이 있는 줄 착각하는 곳이기도 하다. 어머니는 버스를 기다린다고 했다. 그런데 옷은 온통 진흙투성이로 혼자서 걷기가 어려울 만큼 다리를 절었다. 이마에 상처가 있어 넘어졌거나 낙상한 것 같았다. 전에는 그래도 정신이 있어서 요양원 입소를 완강히 거부했지만 이젠 어쩔 수가 없었다. 오히려 이번 가출로 입소시키기에는 좋은 기회였다.

가족들은 요양원 정보를 가장 잘 알고 있는 맏딸인 찬이 엄마에게 입소를 위임했다. 어머니는 전에는 아들만 찾다가 상태가 심해지고 나서 맏딸만 찾았다. 자녀 중에서도 맏딸을 어렴풋하게나마 알아보기 때문이었다.

어머니는 작년까지는 정신 줄을 놓을 때가 있어도 혼자 시골집을 꿋꿋하게 지켜왔다. 그리고 자녀들에게 텃밭에서 난 몇 가지 농산물과 반찬거리를 일일이 챙겨주었다.

밥을 제대로 못 얻어먹어 삐쩍 마른 반려견 함흥이가 주인이 어떤 상태인지도 모르고 꼬리를 흔들며 집을 지키고 있었다. 함흥이는 어머니의 안태 고향 이름을 따서 열두 살이 되도록 같이 살아왔으나 이젠 떼어 놓아야 할 처지였다.

맏딸은 작년 이때 치매 초기로 진단받은 어머니의 손을
잡고 병원 문을 나설 때 드디어 올 것이 왔구나 하며 머리
를 망치에 맞은 듯 띵했다. 한 번도 진정으로 자신을 위해
서 산 적이 없는 어머니가 허리를 굽혀 걷는 모습이 안쓰러
웠다. 어머니와 마루에 나란히 앉아 요양원에 관한 얘기를
나눴다. 찬이 엄마가 요양원 이야기를 꺼내자 어머니는 펄
쩍 뛰었다.

"내가 멀쩡한데 왜? 고려장 하려고?"

정색하며 손을 가로저었다.

"엄마, 불편한 단곡 집에 혼자 있기보다는 얼마나 좋아?
거긴 친구들도 많고 밥도 안 해 먹잖아. 엄마, 병은 초기에
손을 쓰지 않으면 머리에 지우개가 많이 생긴 대잖아."

그때는 어머니를 설득하려 애를 쓰며 달랬으나 입소에
실패했었다. 하지만 지금 어머니는 입소가 무엇인지조차 모
를 만큼 중증이 되어버린 것이다.

"영감, 날 데려가."

입소한 지 열흘 된 외할머니를 찾아온 예찬이가 생활실
문을 열고 들어서자 할머니가 냅다 소리쳤다. 병문안 차 내
려온 예찬이는 너무 놀라 정신이 없었다.

예찬이는 순간 소름이 쫙 끼쳤다. 할머니가 전혀 다른

사람으로 돌변했기 때문이다. 예찬이가 아무리 손자라고 하고 이름을 말해도 외손자인 예찬이가 누군지 알아보지 못했다.

예찬이를 더 슬프게 하는 건 꿈속에서도 할머니가 보고 싶지 않은 몰골이 되어간다는 점이었다. 재미있는 옛날 얘기를 들려주고 무릎 위에 누이고 내 손이 약손이다, 하면서 배를 문질러 주던 할머니의 모습도 음성도 아니었다. 할머니는 가족과 주변에 크나큰 짐이 되었다.

딸 내외가 잠시 사무실에서 어머니의 예후 상담을 하고 있었다. 수와가 손주가 와서 기쁘지 않냐고 해도 매야 할머닌 말이 통하질 않고 막무가내였다. 찬이가 어찌할 바를 몰라 머뭇거리는 사이 할머니는 몇 번이고 밥 달라고 졸라댔다. 과격한 행동을 보일 때는 예찬이와 수와가 뒤로 물러났다.

"누나, 할머니가 미쳤나 봐. 어쩌다 저렇게 되셨지."

할머니는 잠시 이치에 안 맞는 말을 중얼거리더니 박 선임을 빤히 쳐다보고 고함을 질렀다.

"집에 갈 거야. 왜 날 여기 잡아두고 시집 안 보내."

할머니는 자신이 소녀인 줄 알고 주위 사람을 아무나 붙잡고 시집보내 달라고 졸라댔다.

"할머니, 시집갈 준비 다 했어요?"

선임이 할머니 귀에 대고 속삭이듯 말했다.

"돈도 없어지고 반지도 훔쳐 갔어. 나쁜 놈들이."

"할머니, 그놈들 잡아 올게. 걱정 말고 나한테 시집와요. 그냥 몸만 와요. 알았죠?"

박 선임이 얼토당토않은 말을 슬기롭게 받아넘기자 환자의 과격한 행동이 어느새 사그라졌다. 갑자기 매야 환자가 두 손으로 수와를 밀쳤다. 뒤로 넘어진 수와는 아픈 곳을 움켜쥐고 어쩔 줄 몰라 했다.

매야 환자의 이런 돌발적인 행동은 기억력과 사고력뿐 아니라 뇌의 다른 영역의 활동을 조절하는 전두엽이 제 기능을 잃어버려 충동을 억제하지 못하기 때문이었다.

수와는 고민에 빠졌다. 환자가 스스로 회상을 끌어내지 못하므로 동기 유발을 다각적으로 궁리하고 동기가 될 만한 소재를 찾아야 했다. 수와는 일지에 적어 놓은 내용을 거듭 살펴보았다.

우선 음식부터 관찰하기로 했다. 회상치료에 좋은 소재가 된다. 특히 어릴 때 엄마로부터 즐겨 먹었던 추억이 평생 간다고 하지 않는가? 잘 알려진 외국 사례가 바로 프루스트 효과와 마들렌 현상이나. 마르셀 프루스트의 소설 『잃어버린 시간을 찾아서』에 나오는 회상 행동이 그 내용이다.

전날 딸에게 들은 대로 환자가 좋아하는 십여 종의 음

식을 하나씩 반복 관찰한 결과 할머니는 만두 음식에 가장 순한 반응을 보였다.

수와는 만두가 들어간 음식을 영양사에게 부탁했다. 매야 환자는 만둣국을 보자 손으로 휘휘 저었다. 손으로 만두를 쥐었다 놨다 했다. 만두를 치켜들고 빤히 쳐다보며 중얼거렸다. 그리고는 국에다 툭 떨어뜨렸다. 국물이 튀고 만두가 조각이 났다. 그럼에도 일일이 입속에 넣었다. 그리고 욕도 하지 않았다.

수와는 천천히 식사 보조를 하며 작은 행동 하나하나를 체크했다. 반복할수록 만두와 행동 사이에 상관관계가 있음이 분명해졌다. 만두 식사할 동안만큼은 착한 치매 증상을 보이지만 식사가 끝나면 원점으로 가는 것이 문제였다. 수와는 그럼에도 불구하고 계속하면 언젠가는 개선되리라고 확신했다. 호기심에 들뜬 수와는 상황을 꼼꼼히 수첩에 적어나갔다. 오늘만큼은 이 제목을 붙였다.

'만두가 외딴방 환자에게 과거를 돌려주다.'

칙칙하던 어제와는 달리 새파란 봄 하늘 아래 노란 산수유꽃이 화사하게 만발한 길을 수와가 매야 환자의 휠체어를 밀고 올라가고 있었다. 산수유나무 아래서의 두 사람의 모습은 한 폭의 수채화 같았다.

간간이 요양원 웰빙 숲 희망봉 쪽에서 불어오는 봄바람과 춤추던 산수유 꽃가지가 고개 숙여 인사하는 모습이 마치 힘내라고 격려하는 듯했다. 소나무와 주목 외에는 잎이 나오기 전인데도 힐링 목적으로 조성된 웰빙 숲을 산책하는 타운 내 병원과 요양원 환우들이 눈에 들어왔다.

산수유나무 밑에 이르자 할머니가 벤치를 가리켰다. 매야 할머니를 휠체어에서 벤치로 옮겨 앉혔다. 털썩 주저앉더니 주위를 두리번거리다가 나무 한곳을 가리켰다. 산수유 가지 하나를 꺾어 달라는 표시였다. 수와가 꽃가지를 꺾어서 건네주자 환자는 꽃을 코, 입, 얼굴, 목 부위에 번갈아 갖다 댔다. 머리에 꽃을 떨 때는 수와가 도와주었다. 침묵이 흘렀다.

"그때가 최고!"

환자가 엄지척하며 갑자기 소리를 질렀다.

"할머니, 언제요?"

"위도 오빠와 산수유꽃 나무 밑에서 만났을 때."

"위도 오빠가 누구예요?"

"작은오빠 친군데 우리 앞집에 살았어."

수와는 순간 딸이 회상치료차 부탁을 받고 사무실로 가져온 할머니 사진이 생각났다. 환자의 오래된 흑백 사진 속에는 검은 세라복을 입고 두 갈래로 머리를 땋은 한 여학생이 두 남학생 사이에 앉아 산수유 꽃가지를 들고 미소 짓는 모습이 들어있었다. 세월에 빛바랜 사진이지만 여학생은 얼굴이 화사하고 아주 예뻤다. 매야 할머니라고 들었다.

왼쪽에 서 있는 남학생은 검정 교복에 하얀 두 줄 테가 있는 모자에 아주 미소년이었다. 그 학생은 여학생의 왼쪽 손을 슬며시 잡고 있었다.

"할머니, 위도라는 학생이 할머니 좋아했죠? 저도 그 사진 봤어요. 어머나, 부러워라. 둘이서 손까지 잡고. 할머니 연애했구나."

수와가 깔깔 웃으며 말을 하자, 얼굴에 홍조를 띤 할머니의 얼굴에 옅은 미소가 번졌다. 외딴방 할머니도 아무리 나이를 먹어도 여자는 여자였다.

"할머니, 오빠 이야기 해줘요."

수와가 응석을 부리며 조르자 할머니는 빙그레 웃었다.

"위도 오빤, 평양고보 학생이었는데 방학 때 집에 오면 작은오빠와 셋이서 같이 놀았어."

"할머니, 오빠와 밤에 산수유나무 밑에서 몰래 만났구나. 그랬죠?"

수와가 할머니의 앙상한 어깨를 두 팔로 꼭 껴안으며 말하자,

"호호호…"

할머니는 수줍어하며 어느새 십 대 소녀로 돌아가 있었다.

"할머니 소녀 때 이 나무도 있었데요. 지금 나이가 백 살이 훨씬 넘었데요. 그런데도 여전히 예쁜 꽃이 피잖아요. 할머닌 예뻐서 좋았겠다."

수와가 말하자 느닷없이 할머니가 수와의 눈을 맞추며 말했다.

"니도 누구 좋아하지?"

"아닌데요, 할머니."

"내 눈은 못 속여. 이년아, 사랑하면 니가 먼저 손을 잡아. 아님 평생 후회한다. 여자는 머릿속 기억은 지워져도 가슴속에 새겨진 사랑은 영원히 남는단다. 날 봐라."

할머니 눈빛은 아주 먼 곳을 바라보는 것 같았다. 마치 황홀한 꿈을 꾸는 듯했다. 누가 할머니를 치매 환자라고 보겠는가?

그런데 갑자기 수와의 얼굴이 붉어졌다. 치매 환자인 할머니가 어떻게 자투리 인지능력이라도 나타낼 수 있단 말인가? 아무도 몰래 가슴 속 깊이 숨겨 놓은 내 마음을 할머니가 어떻게 알았지?

수와는 힐머니가 나날이 호전되고 있음에 마음이 놓이기도 하지만 자신뿐만 아니라 타인에게도 관심을 보인다는 점은 진일보한 것이어서 감사하기도 하고 기뻤다. 질문을 이어갔다.

"할머니, 이 나무 이름 알아요?"

매야 할머니는 물끄러미 쳐다보다가 고개를 끄덕였다. 수와는 할머니 볼에 입을 맞추고 손가락으로 하트를 그렸다. 할머니도 따라했다. 할머니 기분이 업된 상태에서 약속했던 비녀 올림머리를 하는 동안 사랑한다는 말을 연신 되뇌었다. 재빨리 메모를 했다.

'산수유꽃, 외딴방 환자 가슴의 빗장을 풀다.'

수와는 산수유나무 아래에서 있었던 상황을 빠짐없이 기록했다. 그리고 딸에게서 들은 내용 중에서 요점을 다시금 정리했다. 환자는 소녀 시절 흠모하던 작은오빠의 친구이자 만둣가게 집 아들인 문위도와 태평양 전쟁으로 헤어졌다. 무자비한 일제의 강제 징병으로 시신조차 찾을 수 없었다.

할머니는 동생 미야가 일제강점기에 성노예로 끌려가지 않기 위해 원치 않은 조혼을 했다. 그런데 결혼생활이 순탄치 않은 데다 6·25전쟁으로 동생마저 실종되었다. 환자는 그 일이 자신의 탓이라 여기며 회한과 자괴감으로 가슴속 깊이 상흔으로 남아 있는 게 문제였다.

이리저리 고민하던 수와는 만두와 산수유 회상을 동시

에 하도록 계획을 세워보는 것이 좋을 듯싶었다. 예컨대 산수유나무 밑에서 가족과 함께 만두 파티를 하면 그 효과는 두 배 이상 나타날 게 아닌가? 수와는 수첩에 계획을 현실로 만들 가장 효과적인 키워드를 나열했다. 우선 실행 제목을 적어 넣었다.

'외딴방 환자 그리고 만두와 산수유의 만남.'

수와는 산수유나무 동산으로 가려고 다시 매야 환자를 휠체어에 태우고 올라갔다. 회상치료 세부계획을 이리저리 그리다가 막 수첩에 옮겨 적을 때였다. 갑자기 머리가 쪼개지듯 아프더니 속이 뒤틀리면서 토했다. 선임은 종종 억센 치매 환자를 줄곧 열심히 돌보는 게 무리라고 말렸다. 그러나 수와는 자신을 잘 이해해 주는 선임이 있어 더 열심히 일했다.

"야, 이년아! 보따리 줘!"

매야 환자가 소리를 버럭 지르며 갑자기 주먹을 날렸다. 수와는 정신이 번쩍 들었다. 할머니가 갑자기 거칠어지기 시작했다.

"할머니, 오기 전 보따리 드렸잖아요. 침대 옆에 있어요."

"언제 줬어? 보따리 줘, 이년아!"

할머니가 화를 내며 펄펄 뛰었다. 갑자기 할머니가 탄 휠체어의 브레이크가 풀렸다. 산수유나무 동산길 아래로 굴러가기 시작했다. 수와는 본능적으로 휠체어 앞으로 몸을 날렸다. 할머니의 체중이 실린 휠체어와 엉켜 수와의 몸이 굴렀다.

"아아 악!"

수와가 비명을 질렀다. 휠체어를 탄 할머니가 붕 뜨면서 수와를 덮쳤다. 수와는 할머니 몸 밑에 깔렸다. 다행히 환자를 다치지 않게 한 건 수와의 몸이 쿠션 역할을 한 셈이다. 대신 수와가 환자의 무게를 온몸으로 받았으니 그게 문제였다. 그런데 수와의 허리 밑에는 날카롭고 제법 큰 돌이 박혀있었다. 수와는 통증으로 깊은 신음을 냈다. 마침 외부 업무를 보고 귀원하던 선임이 놀라서 달려왔다. 급히 할머니 상태를 먼저 살피고 휠체어에 태운 다음 수와를 살피고 일으키려다가 누운 상태로 두었다.

"으음, 으음."

수와는 어디를 어떻게 다쳤는지 신음을 내며 정신이 희미해졌다. 그리고 허리 아래 양쪽 하지를 전혀 움직이지 못했다.

"수와 씨, 어디 아파요?"

선임이 수와의 상체를 일으키려고 물었다. 수와는 축 늘어지며 말할 힘도 없었다. 그녀의 얼굴은 백지장처럼 하얗

게 질려 있었다.

"으음…"

수와가 신음을 내며 눈을 힘겹게 떴다.

"수와 씨, 어디가 아파요, 어디?" 선임이 다급하게 물었다.

"허리요, 허리." 수와가 헐떡거리며 대답했다.

수와가 통증으로 괴로워하자 선임이 다른 직원과 함께 수와의 허리 밑을 받쳐주면서 구급차가 오기를 기다렸다. 두 사람의 눈길이 마주쳤다. 수와의 동그란 두 눈이 선임을 쳐다보았다. 수와의 두 눈에 고인 눈물방울이 두 볼을 타고 귓가에 흘러내렸다. 선임이 눈물을 옷소매로 살살 닦아주고 있는데 구급차가 삐뽀 삐뽀 하며 달려왔다.

수와가 카에 실려 구급차에 오르자 선임이 옆에 앉아 두 손으로 그녀의 두 손을 꽉 쥐었다 폈다 하면서 잠에 빠져들지 않게 했다. 땀에 젖은 그의 두 손이 부들부들 떨리고 있었다. 이제야 성주는 자기가 수와에게 얼마나 마음이 가 있는지 알게 되었다.

"제가 며칠이나 잤나요?"

잠에서 깬 수와가 꼼짝도 못 하고 선임에게 물었다.

"의식 없이 3일 지났어요. 당장은 수술 못 하고 당분간 마약성 진통제 때문에 그럴 수 있다고 의사가 그러네요."

3일 동안 면도도 못 하고 수와 옆을 지킨 선임이 말했다.

"많이 다쳤나요?" 수와가 물었다.

"골절이 너무 심한데요. 내일 수술하고 상태 보아서 앞으로의 대책을 상의하기로 했어요. 수와 씨가 어떤 상태이더라도 난 함께 할 운명일 거요."

"무슨 말이세요, 그게?"

"처음 수와 씨와 만났을 때 난 숨이 탁 막혔어요, 수와 씨가 내 운명이라는 생각이 들더군요."

"운명? 동문서답하지 말고요."

"누가 뭐래도 이게 내 운명에 대한 확고한 대답이요, 난 3일 동안 밤을 새워 수와 씨를 간호하면서 결심했어요."

"무슨 결심?"

수와의 확인성 질문에 선임이 목에 걸고 있던 목걸이를 벗어 수와의 목에 걸어주었다. 그리고 이렇게 말했다.

"그 목걸이의 십자가는 내 신심이고 믿음이요. 수와 씨가 언제 어디서 무엇을 하든 우린 함께 있을 거란 증거물이요. 이게 내 답이요."

"불구 몸인데도?"

"수와 씬 내 사랑의 포로요."

수와는 박 선임이 걸어준 십자가를 손에 꼭 쥐고 입술을 깨물었다.

'이제부터는 나 자신과의 싸움이다. 하루빨리 중환자실에서 나가 재활치료에 집중해야지.'

중국에 있는 부모와 상의한 이모의 제안에 따라 한 달은 한국에서, 상태에 따라 그 뒤는 중국에서 치료받기로 했다. 다만 의료 수준 차이와 박성주와의 관계 지속 여부가 변수였다.

외딴방 환자의 상태를 매일 기준표에 따라 회상치료를 반복 시행한 결과를 집담회에서 증례 스터디로 활용하고 현장에서 직접 계획하고 실행했던 수와와 공유하기로 했다.

수와가 출국한 후 첫 월례회가 열렸다.

산수유 길옆 잔디밭이었다. 수와의 맞춤식 회상치료를 통한 성공사례 발표 자리에 만두 간식을 마련했다. 마침 출출한 시간이어서 다들 먼저 먹고 회의하자는 아우성에 순서를 바꾸기로 했다. 둘러앉아 한참 먹는 중에 외손자 예찬이가 할머니에게 말을 건넸다.

"할머니, 내가 누구야?"

"댓끼놈! 할미를 놀려도 유분수지."

"날 영감이라고 했잖아."

"내가 언제?"

"어, 할머니 정신 차리셨네, 다 나으셨나."

예찬이가 만두를 집어서 할머니 입에 넣어 주었다. 할머니도 손자에게 많이 먹으라고 손짓을 했다. 할머니는 딸을 불러 수와가 어디 갔냐고 묻고는 수와한테 데려다 달라고 떼를 썼다. 통장 돈 찾아서 빨리 치료비로 보내라고도 했다.

참석자들은 어눌하고 불분명한 소통이지만 할머니와 가족 간의 대화 내용을 알아들을 수 있었다. 만두 파티가 끝나고 복지사의 간단한 사례 발표 후 선임이 앞으로 나가 핸드마이크를 잡았다. 수와 씨가 퇴원할 때 이모와 얘기하는 내용을 들은 적이 있어요. 말씀드릴게요.

"너 바보니? 한창 꽃다운 년이 언제 죽을지도 모를, 늙어 빠진, 그것도 머리가 텅텅 빈 할망구에게 목숨을 거느냐 말이다."

이모의 말에 수와가 대답했다.

"맞아! 나는 그냥 할머니가 좋아. 할머니의 영혼을 진짜 사랑하거든, 이모야."

선임이 다음 말을 이었다.

"이게 왕수와 선생님이 제게 보내온 다이어리입니다. 외딴방 매야 환자에 대한 병상일지예요. 수와 자신이 온몸을 내던진 사랑의 힘이 이토록 큰 줄 몰랐어요. 그리고 가녀린 가슴속에 지워지지 않는 펜이 들어있었어요. 사랑의 펜이죠. 왕수와가 다이어리에 남긴 키워드는 이거예요."

'외딴방 환자는 두뇌의 기억은 지워져도 가슴속에 새겨진 기억은 지워지지 않는다.'

참석자들은 박 선임의 말에 귀를 기울였다.

"치매가 왜 생겼는지, 치매 치료 과정, 특히 만두와 산수유에 얽힌 회상치료 과정이 자세히 기록돼 있더군요. 이걸 보니 의학을 탓하고 세월을 탓하며 잘못된 생활습관이려니 했던 제가 너무 부끄럽더라구요."

예찬이 엄마가 머뭇거리며 제안을 했다.

"여러분, 수와 씨가 선행상이나 봉사상을 받도록 힘을 모아주세요. 다시 한국으로 와서 국공립재활원에서 재활치료를 받을 수 있도록 탄원서에 서명해주시면 안 될까요?"

그녀 제안에 참석자들은 모두 같은 마음이었다. 선임이 간절한 눈빛으로 말했다.

"매야 할머니와 수와 씨가 산책하던 산수유 가로수길이 사람을 살리는 길이 되었죠. 그 길을 찾아낸 사람이 왕수와입니다. 산수유 꽃길을 멀리서 보면 마치 노란 원피스를 입은 수와 씨가 걸어오는 것 같아요."

의료복지 타운의 한 요양원에는 수와의 향기가 미치지 않는 곳이 없었다. 누가 상처받은 꽃의 향기가 더 찐하다고 했던가?

지금도 중국 소녀 수와가 요양원에서 중증 치매 환자인 외딴방 할머니의 기억을 되살려 놓은 것을 많은 사람이 기억하고 있다. 그러나 수와가 환자 대신 받은 상처와 고통은 사람들의 기억 속에서 점차 잊혀져 갔다.

　한편 산수유나무는 백 세가 넘도록 해마다 혹독하게 추운 긴 겨울을 잘 이겨내고 있다. 봄이 오면 가로수에 노란색 꽃을 피워 이국 소녀의 아름다운 마음을 소박한 꽃으로 보여주고 있다. 사람들은 그 길을 '수와 길'이라고 불렀다.

황혼의 미소

'왜 이 여편네가 내게 그런 짓을 했지?'

그는 씩씩거리며 자신의 병실로 돌아오는 중에 몇 번이고 뇌까렸다. 여든이 넘도록 같이 살아오면서 이런 일은 전혀 없었고, 있을 수도 없다고 생각했다. 황당하다 못해 화가 치밀어 올라 견딜 수가 없었다. 중풍에 이어 노망이라도 들었단 말인가? 자신이 그녀에게 뭘 잘못한 게 있나, 하고 아무리 생각해도 기억이 나질 않았다. 하기야 나이가 들면서 머리가 나빠져서 기억이 나지 않는지도 모르지만 말이다.

같은 병실의 환우들이 맨발로 절룩거리며 들어오는 그에게 제각기 한마디씩 말을 했지만 들은 척도 안 했다. 한

쪽 엄지발가락은 붕대를 감았고, 한쪽 눈과 귓불은 벌겋게 달아 있었다. 뭐라고 해도 대꾸할 기분이 아니었다. 지금은 그가 침술치료나 재활치료를 받을 시간인데 그러고 있으니 다들 이해가 되질 않았던 것이다.

한참 연배인 환우가 그의 행동을 나무라자, 하는 수 없이 침대에 드러누우면서 적당히 둘러댔다. 짜증 섞인 말로 한마디 내뱉었다.

"다쳤지 뭐요. 간호사실에서 소독하고 오는 길이요."

막 이불을 뒤집어쓰는데 서울 막내딸한테서 전화가 왔다.

"왜?"

원래 그는 안부 따윈 없이 매번 이런 투의 소통이었다.

"아버지, 목소리가 화가 잔뜩 난 사람처럼 왜 그러세요?"

"몰라, 끊는다."

그는 전화를 뚝 끊어버렸다. 부부 사이에 무슨 일이 일어난 듯 보였다. 둘 다 환자인데 서로 사이가 더 벌어지면 안 되겠기에 중간역할이 시급하다고 느꼈다. 딸이 재차 폰을 눌렀다.

"아버지, 엄마와 싸우셨어요?"

"내가 뭘?"

아직도 분에 차 있는 목소리였다.

"아버지보다 더 아픈 엄마와 싸운 건 아버지 잘못이잖아요. 엄마 마음을 몰라도 너무 몰라요."

"나중에 보자."

금세 또 불통이었다. 딸은 이번만큼은 어떻든지 인내심을 갖고 삼세판 아니 몇 번이고 시도할 요량이었다. 마지못해 폰을 든 그는 딸에게 변명했다.

점심시간에 있었던 일에 대해 하는 수 없이 억지로 말을 꺼냈다.

그는 오늘 점심도 중풍 환자가 먹기 좋게끔 정성껏 잘게 칼질한 밑반찬과 과일을 통에 담고 따뜻한 물을 준비했다. 이렇게 준비하는 이유는 몸의 절반이 마비된 이에겐 목구멍도 마찬가지여서 음식물이 자칫 잘못하여 기도로 넘어가지 않도록 방지하기 위해서였다. 토하거나 사레도 없이 잘게 꼭꼭 씹어 넘기기 쉽도록 보조할 필요가 있었기 때문이다.

밥맛이 없거나 속이 안 좋으면 옆에서 어르고 달래서 설득하는 것도 그의 몫이었다. 그의 식사는 늘 그녀 다음이었다. 아내를 향한 그의 이런 모습이 병원 내에서는 미담으로 회자되었다.

그는 먹을 것을 들고 607호 병실에 들어섰다. 그녀는 무표정으로 서천 둑길을 바라보고 있었다. 그가 왔다는 신호로 침대 다리를 툭툭 차면서 하는 말이 짜증 섞인 명령조였다. 그녀는 그가 집과 농지 문제를 자기와 일언반구의 상의도 없이 처리한 내용을 전해 듣고 기분이 몹시 상해있었다. 그런데 옆 할머니와는 부드러운 목소리로 안부를 주고받질 않는가? 조리사가 배식하고 영양사가 맛있게 드시라는 인사를 건넸다.

"오늘도 어르신이 오셔서 같이 드시니 보기 좋네요."

그는 무뚝뚝이 식판을 중간에 놓고 식사를 돕기 시작했다. 반찬을 얹은 첫 밥숟갈을 그녀의 입으로 가져가는 순간이었다.

"픽!"

그녀가 갑자기 성한 손으로 그의 귀싸대기를 후려쳤다.

"혀, 형님한테도 그따위로 해서 일찍 죽었잖아!"

그의 눈에 불이 번쩍였다. 안 그래도 한쪽이 난청에다 이명이 있는데 다른 쪽 귀가 쩡하고 세게 울렸다. 귓불이 얼얼했다. 피할 겨를이 없었다. 한 대를 더 갈기려고 손을 들자 그는 몸을 뒤로 젖혔다.

"이 여편네가, 확?"

그는 손을 들다 말고 주위를 두리번거리더니 환우들이 지켜보고 있어 머뭇거렸다. 그녀는 하나도 무서워하는 표정이 아니었다. 지금까지도 참고 참아왔는데 더 잃을 게 없다고 생각했다.

그녀가 아킬레스건 같은 전처의 죽음을 들먹거리는 건 뜻밖이었다. 첫술에 때린 걸 보면 자못 벼르고 별렀던 것처럼 보였다. 그는 정성을 다한다고 여기고 그녀를 쉽게 생각한 것이다. 평소 그렇지 않던 그녀가 갑자기 그러니까 경계심을 늦추지 않았던 모양이다. 위선적인 행동으로 받아들이고 있음이 틀림없었다.

침대 식탁 위에 둔 물 잔이 흔들리면서 바닥에 떨어져 산산조각이 났다. 유리 조각 하나가 그의 슬리퍼 사이로 나와 있던 엄지발가락을 찔렀다. 순식간에 당한 일이라 평소 구부정하던 허리를 억지로 펴며 눈을 둥그렇게 떴다. 그리고는 아내를 째려본 후 아무 말 없이 방을 나와 버렸다.

그녀한테서 얻어맞았다는 경위를 그나마 전화로라도 딸한테 말할 수밖에 없었지만 영 체면이 말이 아니었다. 자초지종을 들은 딸이 말을 이었다.

"그래서 아직 화가 안 풀렸어요?"

"아니다."

그의 대답은 여전히 퉁명스러웠다.

"바람 좀 쐬고 기분 전환하세요."

"안 그래도 니네 엄마 산소에 가볼란다."

"엄마 사랑한 거 맞아요?"

"그건 왜? 새삼스럽게."

"두 엄마가 왜 똑같은 병에 걸린지 알아요?"

"글쎄."

"친엄마가 왜 일찍 죽었는지 아느냐고요?"

"내가 어떻게 알아. 제 명인걸."

"재혼할 때 새엄마와 약속하셨다면서요. 꼭 호강시켜주고 말 잘 들어 준다고요. 하녀처럼 집과 밭을 오가며 억척스럽게 일만 하고 살아왔으니 얼마나 자괴감이 컸겠어요? 아버지가 어기셨잖아요."

총각도 아닌 아버지에겐 새엄마가 과분했지만, 그 먼 길을 뻔질나게 다니면서 솔깃한 약속으로 여심을 낚은 정성이 결국 지금 와서는 엄마에게 가식으로 느껴진다는 뜻이리라.

"새엄마는 약속을 다 지켰다면서요. 애기를 낳지 않은 진짜 이유를 아세요? 남들은 반려동물에 마음이 빼앗겨 배우자를 홀대하는 일이 있다고 하지만, 엄마는 행운이 때문에 아버지를 홀대한 적이 없잖아요. 오히려 아내와 엄마의 역할을 다하려고 참는 방법의 하나로 행운이를 선택했던 것 아닌가요?"

딸이 조심스럽게 캐물었다.

"그래서 어쨌다고?"

"옛날에는 얼굴도 안 보고 결혼해 참고 살았는지 몰라도 지금은 달라요. 여자의 마음을 조금이라도 헤아리셔야죠. 사랑하는 방법도 사랑을 표현할 줄도 잘 모르는 아버지인 거 아세요? 그리고 남자가 나이 많아 짝이 없으면 산송장이거든요."

딸의 말이 화살처럼 그의 폐부를 찔렀다.

딸은 할 말이 많은 듯 봇물처럼 쏟아냈다. 하기야 맞는 말이었다. 그는 사랑한다는 표현은 고사하고 미안하다는 말조차도 꺼낸 기억이 별로 없었기 때문이다.

"저도 결혼하고 아이 셋을 낳고 살지만, 아버지 같은 남자라면 답답해서 단 하루도 못살 거예요. 아버지는 자신이 어떤 사람인지 잘 몰라요. 죽은 엄마한텐 못했지만, 지금부터라도 새엄마에겐 좀 살갑게 대하세요. 세상에 그런 엄마 없어요. 우리 다 키워 결혼시켰으니 얼마나 고생이 많으셨겠어요."

딸은 말을 멈추지 않았다.

"외롭기도 하셨을 테고요. 아버지만 믿고 살아오셨잖아요. 아무리 나이가 많아도 여자는 여자이고 싶거든요. 밖에서 하시는 것의 반만큼만 집에서 하세요. 그러면 점수 딸 거예요. 이젠 고리타분한 좁쌀영감이란 말도 없어질걸요."

"내 성격에 어디 그게 잘 되나?"

"아버지의 독선과 강압에 저항 한번 제대로 못 했던 엄마가 자신을 방어할 수 있는 최선의 방법이었겠죠. 더 나아가 가부장제라는 이름으로 저지르는 폭력을 단호히 거부한다는 표시이구요. 몸은 불편하지, 얼마나 답답하면 그런 행동을 했겠어요."

"그래도 그렇지."

"한 이불을 덮고 자도 둘 사이에 담이 높게 가로놓여 있다잖아요. 다 자기가 잘났다고 스스로 쌓아 올린 거고요. 아버지가 먼저 행동을 취하세요."

"생각해 보자."

"하여튼 재활치료나 잘 받으세요. 그 병원이 서울도 있는데 잘 고친다고 소문이 났더라고요."

"그래, 여기서도 유명하지. 몇 대째 이어오는 의료업 전문 가문이 의료법인을 세워 대학교수와 박사 출신들이 운영하는 병원이거든. 치료는 신경 쓰지 말거라."

"낼 내려갈게요."

갑자기 딸의 폰이 배터리가 없는지 끊어져 버렸다. 어릴 때부터 가장 귀엽고 바른말을 잘하는 딸이었다. 딸은 두 양반이 입이 무거워 어쩌다 친정이라고 가도 몇 마디 말밖에 하지 못하는 분위기를 늘 애석해했다.

그래도 아버지가 최근 잘못했거나 아니면 오해받을 행동이 있었는지 내려가 확인하려고 했지만 여의치 못해 우선 간호사실로 연락했다. 이번 일도 어머니가 자신을 무시하는 아버지의 언행을 견디다 못해 터뜨린 예라고 간호과장이 전했다. 그런 그가 지금 와서 정성을 다한다고 그녀의 닫힌 마음이 갑자기 열리는 건 아니지 않겠느냐는 것이다.

그 일이 있은 후, 간병사가 챙겨드렸고 지금은 소강상태라고 했다. 그가 며칠 전에도 그녀의 대응 방법을 문제 삼아 난처하게 만든 것도 병상 상태를 전혀 배려하지 않았기 때문이다. 그녀를 돕는 어떤 일보다 따뜻한 말 몇 마디가 더욱 필요했기에 그렇다.

한편 그녀가 말이 어눌하다 보니까 대신 이야기해 주는 다른 할머니와 그가 자연히 친숙해진 걸 오해하고 그런 행동을 하지나 않았을까 하는 상상도 일리는 있었다.

불난 데 부채질한 딸이 이번만은 야속했다. 딸만큼은 그자신을 이해해 줄줄 알았다. 그는 자기편이 없다고 생각하니 외로웠다. 병원을 나와 꽃동산 로터리를 몇 바퀴 천천히 돌면서 분을 삭이려 했다.

식어가는 해가 서천 옆 언덕을 타 넘고 있을 때 생긴 긴 그림자를 마주했다. 여자는 양(陽)을 채워주는 음(陰)이고, 바늘을 따라가는 실이며, 빛에 의해 생기는 그림자가 아닌가? 여자, 아니 마누라에 대한 외곬 견집이 있는 그는 생각할수록 그녀의 행동이 괘씸했다. 하지만 순식간에 해도 지고 그림자도 사라졌다. 언젠가 실체조차 사라질 세상사가 자기 마음대로 안 된다고 화내는 것 자체가 어리석은 줄 알면서도 성격 탓만 했다.

늦가을 쌀쌀한 저녁 바람에 폐렴이 덮칠까 봐 병실로 돌아왔다. 내가 없어 봐라 했다가도 괜스레 걱정스러웠다. 지금 그녀의 심정은 어떨까, 식사 보조는 간병사가 제대로 하고 있을까, 걱정 반 화풀이 반이었다.

저녁을 먹는 둥 마는 둥 했다. 딸의 말이 마음에 걸렸다. 마음이 편치 않았다. 창 너머로 멀리 달빛에 가려 희미하게 보이는 북극성이 떠 있었다. 해야 할 방향을 어렴풋하게나마 잡아주는 듯했다. 지나간 날들이 머릿속을 주마등처럼 스쳤다.

일찍 잠을 청했으나 밤새 뒤척거렸다. 잠자리가 뒤숭숭했다. 꿈에 며칠 전 인사 온 손주의 전통 결혼식이 시골집에서 열렸다. 마당에서는 전처와 그녀가 여러 사람과 어울려 잔치를 준비하고 있었다. 두 여인의 사이좋은 모습이 오히려 자신의 머리 위에 숯불을 올려놓은 듯했다. 모처럼 사과할 기회였는데 아쉬웠다. 개꿈이었겠지 하였으나 이번은 기억이 제법 생생했다.

감정조절이 되질 않아서 식욕은 없었으나 늙은 사람이

밥심으로 살 수밖에 없다는 고정된 생각에 사로잡혀 한술이라도 뜨고 일찍 누웠다. 아프고 힘들었던 건 농사일도 있지만 가까운 이를 저세상으로 미리 보낼 때였다. 여럿 앞에서는 의연한 척했지만, 속으로는 눈물을 삼켰던 기억이 떠올랐다.

설잠으로 피곤할 줄 알았는데 정신이 맑았다.

꿈도 그렇고 해서 몸이 힘들어도 아침 일찍 산소를 가겠다고 했지만 해가 더디 올라오고 있었다. 그렇지 않아도 늦가을 날씨가 숨이 차고 저항력이 약한 늙은이에겐 해롭다는 것쯤은 알고 있었기에 조급할 건 없었다. 조급할수록 시간이 더디 가서 사물함에서 성경을 꺼내 펴들었다. 접힌 곳에 낯익은 요절이 눈에 띄었다.

—이와 같이 남편은 자기 아내 사랑하기를 자기 자신과 같이 할지니 자기 아내를 사랑하는 자는 곧 자기를 사랑하는 것이라.—

이전과 달리 오늘 이 말씀이 송곳이 되었다. 어제 일이 감정을 낼 일이 아니었다. 오히려 자신을 돌아보고 자신의 탓이 아닌지 살펴야 했다.

창문으로 스며드는 포근한 햇살을 안고 그는 병실을 나

왔다. 지난날 같이 동행했던 전처의 기일을 앞두고 혼자서 택시로 성묫길에 올랐다. 전에는 밭일하러 가면서 묘를 자주 살피곤 했으나 지난 구정 이후 입원을 핑계로 그러질 못했다. 산소는 동네 뒷산 기슭 양지바른 곳에 있었다. 뒤와 양옆이 산허리에 싸여 있고 앞에 못이 보일 정도로 탁 트여 있었다.

그가 산소 입구에 이르자 면사포를 뒤집어쓰고 있는 듯한 주목이 마치 간밤 꿈속에 만난 전처로 보였다. 그 옆은 백사청송(白沙靑松)이 따로 없을 풍경이었다.

두껍게 내려앉은 상고대가 오늘따라 상처에 뿌려진 흰 가루약 같기도 하고 거울 같기도 했다. 아침 햇살을 받은 서리가 자잘한 백옥처럼 방울방울 물기 서린 모습이 아름다웠다.

기다란 비석이 잣대처럼 보였다. 잘못된 잣대를 들이대었던 자신의 모습을 떠올렸다. 자신이 검은 속살을 지녔음에도 상대방을 검다고 얼마나 비판했던가? 그도 상처가 많다고 변명하곤 했었다.

건너편 돌 공장에서 날아온 돌가루로 거뭇거뭇하게 병든 나뭇가지의 제 색낄을 내지 못한 잎사귀늘의 상처와 포개졌다. 위선, 미움, 도둑질, 이간질보다 독선과 이기심, 교만의 날로 상대방에게 상처를 준 것이 오히려 그에게 돌아와 덕지덕지 붙었으리라. 알게 모르게 못된 성격과 꽉 막힌 사고로 남을 곤혹스럽게 했던 일들이 떠올랐다.

그는 그의 방식대로 살아왔고 그렇다고 남에게 겉으로는 크게 해코지한 것은 없었지만, 그것이 서로 다른 생각을 가진 이에게 마음의 상처를 주었으나 보이지 않았을 뿐이다.

가난한 가문으로 시집온 아내는 마치 하인처럼 살다가 젊은 날 자식들을 두고 졸지에 갔으니 얼마나 한이 많았겠는가? 출가한 세 자식에게 추수한 농산물 배분에 대해 그가 일방적으로 처리하는 바람에 혈압이 올라가 병원으로 이송 도중에 사별했던 것이다. 그러기에 울화와 한이 맺힌 시집살이로 입가에 내뿜은 거품이 남아 이처럼 서릿발이 되지 않았을까? 회한의 생각이 들었다.

잡초를 뽑아내고 잔디를 가지런히 했다. 불편한 무릎과 허리를 다잡아 기도하고 예를 다했다. 밭둑을 천천히 걸었다. 아내가 죽기 얼마 전 그는 돌 더미 옆에서 이랑을 짓다가 독사에 물린 일이 기억났다. 놀란 아내가 쏜살같이 쫓아와서 자신의 옷고름을 풀어 그의 종아리를 묶고 물린 곳을 물어뜯어 입으로 피를 빨아냈다. 온몸이 붓고 아팠으나 그녀의 재빠른 처치로 회복되었다.

농촌 일이 바쁘다는 핑계로 고인에 대한 반성 없이 같

은 방식으로 살다가 같은 일이 또 벌어진 것이라는 생각에 가슴이 미어터졌다. 목숨을 살려준 고인에 대한 고마움을 보상하는 길은 바로 지금의 아내에게 잘하는 것이라고 생각했다.

주위를 둘러보는데 건넛산의 흉물스러운 광경이 눈에 들어왔다. 마침 볼을 때리는 서릿바람에 숲은 울고 개울은 앓는 소리를 내는 듯했다. 밭둑 밑에서 기다리던 기사가 입을 열었다.

"사람들이 자신들의 이익을 위해 산을 다 버려 놨네요. 자연을 함부로 훼손해 가며 온통 상처투성이 산으로 만들어 버리다니… 사람이 사람에게 상처 주는 것도 모자라서 말이에요."

"…"

그는 말이 없었다. 수없이 상처를 줬던 자신을 들여다보고 있었기 때문이다.

"할머니 묘인가 보죠?"

"그렇소."

"언제 돌아가셨는데요?"

그의 행동에 기사는 궁금했다.

"그만 내려갑시다."

그는 더 이상 말하고 싶지 않은 말투였다. 내려오는데

딸이 전화를 했다.

"아버지, 지금 치악휴게손데 점심 전에 병원에 도착할 거예요. 병원에 계실 거죠?"

"알았다."

"그래도 아버지가 먼저 손을 내미세요. 먼저 화해를 청하는 쪽이 자존심이 더 큰 거예요."

딸이 커서 잘하는 걸 보면 미안할 뿐인데 더욱 어른스럽게 전화를 하니 마음이 찡했다. 맞는 말이긴 한데 선뜻 행동으로 옮기기엔 쉽지 않을 것 같았다.

막내딸은 가장 어려웠던 때에 태어나 천덕꾸러기 신세였음에도 가족 간 피스메이커 역할로 자신을 지켰다. 당시는 일제강점기와 6·25전쟁의 폐허로 닥친 보릿고개 시절로 입에 풀칠하기가 어려워 계획 출산이 아닌 경우 딸은 관심 밖 취급을 받았다.

식구가 많아 열 식구 버는 것보다 한 식구라도 더는 게 낫다고들 했다. 우선적으로 덜어내는 게 딸이었다. 아파도 방치했다. 병들어 죽는다 해도 가슴에 못 박는 일이 되질 않았다. 하기야 당시 농촌에 힘든 노동력이 남자라는 편견 때문에 그랬다.

경제 성장기를 지나는 동안 딸은 밑거름으로 두루 희생양 노릇을 해왔다. 시집살이 또한 희생을 강요받는 사회

분위기가 한동안 지속됐다. 딸도 그랬고 그녀도 마찬가지였다. 사회분위기가 아내들에게는 죄의식을 은근히 부채질하는 반면 남편들에겐 면죄부를 주는 일들이 한둘이 아니었다.

부부가 각자 따로였고 소통을 위한 놀이 공간도 흔치 않았다. 가까이 있으나 먼 남편보다는 멀리 있어도 가까운 딸을 그리워한다는 그녀의 말은 어쩌면 당연했다.

교회 앞에서 지난날을 그려보았다.

눈이 오나 비가 오나 심신이 괴로워도 새벽기도 한번 빠지지 않았던 여인들이었다. 목석같은 남자라서 하소연 기도를 그토록 길게 했을까? 의지할 만한 남편이 못돼서 시위성 기도를 매일 한 건 아닐까? 궁금했다. 어린 딸이 둘 사이를 오가며 교대로 좋은 말만 전했다. 틈이 벌어지지 않도록 애쓰는 모습이 눈에 선했다.

툇마루에 걸터앉아 보았다. 남에게 상처를 주지 않는 하루가 되게 하소서, 하고 기도했지만 결국 허공에 대고 독백한 꼴이었다. 가장 가까운 이들에게조차 기도발이 먹혀들지 않은 셈이다. 왜냐하면 하나는 젊은 날 뜻밖의 사별로, 다른 하나는 부메랑이 되어 또 다른 상처로 남아 있기 때문이다.

남편이 남편답지 못했고, 남자가 남자답지 못했다.

권위적인 것이 남자다움이라고 착각했다. 전처와 사별 후 얼마 안 되어 아내감을 찾아 천연덕스럽게 나섰으니 웃음거리였다. 상대가 원하는 대로 해주는 게 사랑인데, 그가 좋아하는 대로 따라오라고 했으니 여러 번 선을 보아도 퇴짜를 맞았다.

첫 아내는 어쩌다 걸려들었지만 재혼은 쉽지 않았다.

수십 번을 서울로 오르내리며 정성을 쏟아붓고서야 재혼이 겨우 성사되었다. 결혼생활에서 이런 정성의 십분의 일만 다했어도 그녀에게 빰 맞는 일은 없었을 것이다.

개울 옆 정든 집을 둘러보았다. 마당이고 뒤꼍이고 건초로 빽빽했다. 그 사이로 나뭇잎이 쌓여있었다. 이따금 낙엽을 쓸어가는 바람 소리가 더욱 을씨년스러웠다. 오래 비워두었던 집에 홀로 찾아온 자신의 모습이 낙엽에 겹쳐 보였다. 다시 와야만 할 집이기에 오래 돌아보지 못한 제 본디 모습을 살펴보았다. 여기저기 엉망이었다.

비가 새고 부러지고 깨지고 넘어진 곳이 한두 곳이 아니었다. 툇마루 기둥에 덩그러니 달린 거울은 티끌이 더덕더덕 붙어있었다. 그리고 산산이 금이 나 있었다. 거울 속 그의 모습이 제멋대로 비뚤어지고 어긋나 보였다. 그래도 거울은 정직하게 흉허물을 비추는 요물이었다.

자신을 이 집에 비유해 보았다.

텅 비어있는 그를 든든한 집처럼 여겼던 그녀의 실망이 얼마나 컸을까? 미안함과 외로움이 가슴을 파고들었다. 막내딸까지 출가시킨 후 '빈집증후군'으로 고생하던 그녀의 신음이 귓전에 들려오는 듯했다. 그녀는 지금 더 중증을 앓고 있다.

감나무와 산수유나무가 제자리를 지키고 있었다.

잎을 다 떨군 채 달려있는 감을 까치들이 사이좋게 나누어 먹고 있었다. 빨간 꼬마전구로 성탄절 트리를 장식한 듯한 산수유 열매도 사람 손을 탄 적이 없었다. 말 못 하는 나무조차도 때를 따라 나잇값을 하고 있었다. 그들 나름대로 겨울나기 지혜를 갖고 봄을 준비하는 동안 여전히 사랑하고 꿈을 꾸고 있을 게다. 고목이 아니라 나목임을 보이면서 말이다.

안주인의 손길이 끊어진 집안 모습이 말이 아니었다. 부엌이며 방이며 변소 어느 한 군데도 성한 곳이 없었다. 오랫동안 사용하지 않아서 녹이 슬고 먼지 쌓인 가마솥이 주인을 기다리다 고물로 변했다. 사람도 소도 개도 여기서 나오는 먹거리로 살아오지 않았던가? 먼지를 닦아내자 두 여인의 살내가 나는 듯했고 손잡이만은 반질반질했다. 그러자니 안주인의 손바닥은 얼마나 거칠어졌을까?

밭일한답시고 없는 살림에 밥투정한 게 못내 마음에 걸

렸다. 담벼락을 따라 뒤뜰 구석에 지난해 털다 둔 콩 더미가 그대로 쌓여있었다.

"저놈의 콩 때문에…"

엉겁결에 애꿎은 콩 핑계를 대는 걸 보면 남 탓으로 돌리는데 이골이 난 사람 같았다. 잠시 후, 마음을 고쳐먹은 그는 자신의 탓으로 입원 치료 중인 그녀를 위해 더 잘해야겠다고 다짐했다. 그녀가 쓰러지던 날이 생각났다.

가을비가 며칠째 추적추적 내렸다.

소슬한 바람도 제법 불었다. 단풍잎이 비바람에 못 이겨 낙엽으로 뒹굴고 있었다. 마치 가을이 비가 되어 내리는 듯했다. 겨울로 떠나가는 마음이 내키지 않아서인지 심술궂은 날씨였다.

단풍이 한창일 때 농촌에는 벼 타작이 마무리된다. 그리고는 마지막 밭농사로 콩 털기와 생강 캐기가 남는다. 농사는 시기가 중요하다. 심는 것도 그렇지만 거두는 일도 천기에 잘 맞추어야 한다. 봄 파종과 가을걷이가 가장 바쁘지만 일의 끝이 없는 게 농사다.

따라서 농가의 부부가 생각이 달라 서로 주장하다 보면 적잖은 갈등이 생긴다. 그만큼 농사는 씨를 뿌려놓으면 그냥 거두는 것 같지만 어렵고 까다로운 일이 참으로 많다.

경험만으로도 안 되고 과학 영농만으로도 안 되는 일이 농업이다. 그는 경험에 의존해 일방적으로 생강을 먼저 캤다.

저녁에 콩 타작을 먼저 하지 않은 것 때문에 부부가 티격태격했다. 지난주에 콩 일을 끝내자고 한 그녀의 제안을 끝까지 받아들이지 않았던 것이다. 네가 뭘 아느냐, 고 그녀의 말을 묵살하고 핀잔을 주기까지 했다. 그날따라 여태까지 남편의 말에 대꾸하지 않던 그녀가 기분이 상당히 상해있었던 모양이다. 40여 년을 같이 살면서도 혼자서 잘난 척하고 상대방의 의견을 존중해 주는 법이 없다고 대꾸했다.

팔순이 지났는데도 아집을 내려놓아야 하는데 갈수록 태산이라고 했다. 부부의 금실은 큰일보다는 아주 작은 의견 차이에서 깨지기 시작하는 예가 많다. 조율이 되지 않으면 자존심 싸움에서 폭력으로 발전한다. 결국은 성격 차이가 이혼소송 사유가 되어버린다. 그녀가 이혼이라도 해야 할 판이라고 처음으로 말을 꺼냈다.

오늘만 해도 그녀의 예견이 옳았었다.

그녀의 의견에 그는 가을비는 찍어 바르는 정도의 양일 거라고 기어코 이번 주에나 하자고 우겼었다. 그녀가 이치에 맞는 의견을 제시했는데도, 그는 화를 버럭 내고 순간 닥치는 대로 물건을 집어 던졌다. 매사에 이러니 사람이 어찌 같이 살겠냐고 대꾸할 만도 했다. 그녀는 분에 겨웠으나 이 이상 더 말을 하지 않고 억지로 참다가 휭 하니 문을 박 차고 나왔다. 울먹거리면서 건넌방으로 가서 드러누웠다.

아이고, 머리야, 라고 가느다란 소리가 문틈을 타고 들려 왔다.

마음은 쓰였으나 평소에도 몸이 약하고 머리 아프다는 소리를 자주해 그냥 그러려니 했다. 자는 둥 마는 둥 잠 을 설치고 새벽기도 시간이 되었으나 건넛방은 인기척이 없 었다.

문고리를 잡았다 놨다 한참을 망설였다.

어서 새벽기도 가야지, 해도 대답이 없자 순간 머리털이 솟는 듯했다. 혹시라도 잘못된 게 아닌가 걱정이 되어 문틈 으로 안을 살폈다. 심상치 않은 기운이 배어 나왔다. 급히 들어갔더니 그녀는 머리를 두 손으로 거머쥔 채 옆으로 쓰 러져 있었다.

순간 당황했다. 두서가 없었다. 급할수록 차분하자는 신 조도 지켜지지 않았다. 몸을 바로 눕혀도 일으켜 세워도 오 른쪽 팔다리가 축 처졌다. 소통이 되질 않았다. 꼬집어 봐 도 볼을 때려 봐도 찬물을 묻힌 수건으로 얼굴을 문질러도 별 반응이 없었다. 윗단추를 풀고 목침을 목 뒤에 끼워 기 도를 확보하고 생전 해보지도 않은 인공호흡 시늉도 해보았다.

반응이 없자 급히 병원 구급차를 불렀다.

그가 동승할 자리가 없어 뒤따라가기로 하고 사립문에서 먼저 보내야 했다. 실려 가는 아내의 뒷모습을 보며 졸지에 또 떠나보내지는 않나 조바심이 났다. 장차 닥칠 그의 앞일이 걱정되었다. 병원에 실려 간 소문이 났는지 만나는 사람마다 인사를 하는 바람에 애써 태연한 척하지만, 자신도 모르게 술 취한 것처럼 갈지자걸음이었다.

그녀가 아끼던 행운이까지 끙끙대며 왔다 갔다 하길래 가까이 가서 쓰다듬었다. 그래도 행운이는 별로 기분이 나지 않는 모양이다. 주인이 쓰러진 걸 알고 있는 듯 먹을 것을 줘도 반가워하지 않았다. 평소 그녀가 속으로 낳은 자식처럼 애지중지 정을 쏟던 녀석이었다. 힘들 때 위로였다. 오로지 한 주인만 따르는 충견이었기에 쏟은 정은 남달랐다.

그녀가 흠이 있어 자식을 못 낳은 것이 아니라 낳지 않았기에 행운에게 쏟은 정은 더 컸다. 석녀(石女)니 애를 낳지 못해 이혼당한 여자라느니 하고 뒤에서 수군거려도 그저 식모처럼 입 다물고 가정에 충실했던 그녀를 닮았다. 이질적인 관계를 신의의 관계로 발전시킨 데는 그녀가 생명 존중을 우선시했기 때문이다.

그녀를 생각하다가 비바람에도 기어이 남아 있는 잎사귀들을 쳐다보며 홀로 남겨진 자신을 돌아보았다. 평균연령을 넘어 살고 있음에도 인생의 겨울맞이 준비가 제대로 되어있지 않음을 느꼈다. 오래 산다고 자랑하면 뭐하나? 고마워할 줄 모르는 바보 아닌가? 몸은 늙었지만 마음은 아직 청춘이라는 건 가는 세월을 아쉬워하는 표현일 뿐이라는 생각이 들었다.

가을비가 시작되기 전까지만 해도 가을 산이 노랗고 붉게 물들어 있어 가을이 오래갈 것이라고 착각하곤 했다. 인생의 가을 역시 오래 갈 것이라고 착각하며 살았다. 세월여류(歲月如流) 앞에 다 소용이 없었다. 그녀가 쓰러진 후 며칠이 안 되어 부엌의 소중함을 깨달았다. 젊었을 때와는 달랐다. 그녀가 부엌일을 할 수 없는 순간 먹고 입는 문제가 대두됐기 때문이다. 연로하니 불편함이 이루 말할 수 없었다. 밥하고 빨래하는 건 여자의 몫이라고 생각했던 그는 고령사회에서는 늙은 홀아비에게도 삶의 준비가 필요함을 깨달았다.

복지사회가 되어갈수록 일부 나이 든 남자들은 역차별을 당해 어느 한구석에 외롭고 쓸쓸함이 더해진다고 했던가? 지금 후회해 봐야 소용없을지 모르지만 그래도 부엌은 나이가 들수록 극복해야 할 장애물이라고 생각했다.

허리가 굽고 생활습관병이 있는 데다 영양이 부실해지고 건강에 자신이 없어 아내가 있는 병원에 입원하기로 했다. 전립선암 이전 단계까지 와있기에 명분은 충분했다. 자녀들이 오라 하지만 곧 죽어도 그러고 싶진 않았다.

아내의 공간이 그토록 큰 줄 몰랐다.

종내는 아내를 따라갈 수밖에 없는 헛똑똑이임을 이제야 알았다. 있을 때 잘해야 했는데, 귀한 줄 모르고 잘해주지 못한 것이 못내 아쉬웠다. 여자의 일을 가벼이 여겨온 그는 겨울이 다름 아닌 부엌임을 깨달았다. 세상을 두루 살아온 늙은이가 참을성 없이 성질을 부렸다가 된통 혼났던 것이다.

흰색 승용차가 주차장으로 빨려 들어오고 있었다.

양손에 짐을 잔뜩 든 중년 숙녀가 내렸다. 막내딸이었다. 아버지 병실에 먼저 들렀으나 외출 중이어서 어머니 병실로 갔다.

"엄마, 잘 있었어? 고생했지? 엄마 참 잘하고 있어."

"자, 잘 지냈나? 아범은? 애들은?"

그녀가 막내딸을 보자 눈물을 왈칵 쏟았다. 하소연하고 싶어 기다렸던 친구처럼 딸을 대했다. 그녀는 문제가 생기면 꼭 이 딸과 상의해 왔다. 딸도 마음이 넓어 누구보다 그녀를 이해했다.

아무리 잘해도 계모 사이엔 늘 오해가 끼어든다.

작든 크든 갈등이 생기기 쉽다. 전실 자식에게 아무리 잘한다 해도 편애가 고개를 든다. 그러기에 주위의 시선이 늘 곱지 않은 이유가 계모여서다. 그러나 속 얘기까지 나누었던 딸은 달랐다. 자신의 자궁에서 나온 피붙이 이상이었다.

그가 병원에 도착할 때는 이미 점심때가 가까웠다.

요금을 지불하고 현관을 들어서는데 마침 원무과에서 서류를 챙겨 나오던 딸이 아버지인 줄 알고 급히 쫓아나왔다.

"아버지, 괜찮으세요? 잘 참으셨네요."

딸은 그를 얼싸안고 머리를 그의 가슴에 밀어 넣었다. 두 양반을 화해시키고 고향집도 둘러보려고 빨리 내려왔다고 했다.

"웬 강아지예요?"

"너희 엄마가 좋아하던 행운이 새끼야. 옆집에 맡겼었지. 엄마가 좋아할 거다."

"아이, 예뻐라. 지네 어미 꼭 빼닮았네. 복을 가져다줄 거예요. 이제야 엄마 마음을 헤아릴 줄 아시네요. 아버지가 병실에 안 계셔서 엄마한테 갔더니 아버지한테 갖다드리라고 맛난 것 많이 주시던데요. 부부싸움은 역시 칼로 물 베기인가 봐요. 저는 엄마 점심 드리고 집에 나갔다 올게요. 저녁은 아셨죠?"

딸이 안도하며 재차 그에게 다짐했다.

"너희 엄마가 정말 그랬다고? 그리고 네가 말한 게 옳다. 또 남들이 나를 두고 이러쿵저러쿵하는 얘기도 일리 있다. 나이 들면 보자고 벼르는 보통 할멈들과는 다른 니 엄마에겐 죽을죄를 지었지, 뭐."

"하룻밤 사이에도 새로운 모습으로 바뀔 수 있는 존재가 사람이라고 하셨잖아요. 스스로 선비입네, 하고 과거의 세계에만 갇혀있는 이가 제일 꼴불견이죠. 차라리 과거에 연연하지 않고 지금 새로워지기로 애쓰는 이가 선비죠."

이번 일로 딸이 믿음직스럽고 대견했다.

그는 어제오늘 내내 자살골을 먹은 듯한 마음을 추슬렀다. 생각해 보니 자신이 얼마나 자기중심적이고 완고한 외골수인가. 화해하고 용서할 시간이 많지 않다. 오늘이다. 누가 먼저 언제 저세상으로 갈지 모르기 때문이다.

그는 석양 노을빛에 물든 소백산 쪽 하늘을 바라보았다.

불그스레한 양탄자를 깔아놓은 듯한 서천 위에 구름 사이로 펼쳐 내려오는 부채 살빛이 너무나 아름답게 느껴졌다. 어제와 똑같은데 이상하리만큼 오늘은 다르게 느껴졌다. 자신의 황혼 색깔에 이 광경을 덧칠하고 싶었다.

창턱에 있는 분재가 석양 햇살을 머금고 더욱 싱싱하게 보였다. 지난봄에 분갈이한 후로 생기가 솟았다. 묵은 뿌리를 과감하게 잘라내고 새 뿌리를 받았던 것이다. 그는 자신을 분갈이한다고 생각해 보았다. 고통스럽더라도 낡고 녹슨 생각과 아집을 도려내야 했다. 말 못 하는 식물도 지혜로운 생존법칙에 이토록 민감한데 자신은 그동안 둔하게 살아왔다.

나이는 먹었는데 벌어놓은 돈도 자랑할 만한 세상 지위도 없어 밖에서는 당당하질 못하고 집에서 식구들한테만 권위를 세우는 것이 자존심이 지켜지는 것으로 착각했다. 내려오고 비우는 연습도 제대로 못 했다. 그러기에 가정이 안녕하질 못했다. 늘 이루어지지도 못할 그 무엇을 기다리느라 현재를 제대로 챙기지도 누리지도 못했다.

부부관계도 그랬다. 그러니 소통 없는 그의 일방통행에 그녀는 고독했을 것이다. 그럼에도 겉으로는 고독할 새가 없었던 것처럼 보였을 뿐이다. 그의 막힌 사고가 화해의 길까지 막았다. 무시, 비난, 조롱, 협박하는 그의 말이 결국은 그토록 꿋꿋하게 서 있던 그녀의 몸 반쪽을 못 쓰게끔 무너뜨렸던 것이다. 하지만 장전된 무기를 쓰지 않고 참고 억눌러 왔던 그녀의 자존심이 오히려 강한 셈이다. 자존심이 강해서 잘 참지 못한다던 그가 이번 일을 겪고서야 자신이 열

등생이었음을 알았다. 누가 누구를 부려먹는 게 아니라 친구처럼 서로 격려해도 부족한 나이가 아닌가?

남편의 몰이해로 생긴 답답증으로 숨이 막혀 죽을 지경이라고 했던 그녀가 옳았다. 이제야 그녀가 왜 자식을 두지 않았는지, 전처의 자식을 키우면서 받은 속 상처가 얼마였는지, 그 깊은 속마음을 조금은 이해할 것 같았다. 자식을 낳자고 조르지도 않았던 그녀는 흔히 이복 간에 있는 갈등을 예견했던 가보다.

가난한 집에서 대중없이 낳은 전처의 자식들을 위해 의무와 책임을 다해온 그녀의 돌출 행동은 오히려 당연하고 정제되어 있었던 셈이다.

집에 들렀던 딸이 다시 그의 병실을 찾아와 신문 쪽지를 불쑥 내밀었다.

"이 내용 보시면 하셔야 할 방법이 있을 거예요."

돋보기를 꺼내든 그는 입을 꼭 다물고 고개를 끄덕였다.

'전처 아이, 계모의 학대로 숨져'라는 제목의 기사였다. 야구방망이로 때리고 끌로 찌르고 소금을 한 움큼씩 먹였다는 내용은 전실 자식의 마음을 사기 위해 애쓰고 있는 착한 계모들을 슬프게 하는 소식이었다. 그에겐 깊은 울림이었고, 그녀를 위해 당장 무엇을 해야 할지 방향이 잡혔다. 그는 창밖 소백산 쪽을 바라보며 생각에 잠겼다.

저녁이 되어 딸은 그에게 약속 시간을 알리고 6층으로 갔다. 다듬고 빗고 발라주는 딸의 손을 잡고 씽긋 웃는 그녀의 표정 속에 자식 사랑과 고마움의 속마음이 서려 있었다. 그녀를 휠체어에 태워 옥상 쉼터로 갔다.

딸이 부모의 결혼 기념을 축하하기 위해 만든 자리였다. 갑작스런 일이라 그녀의 얼굴이 굳어졌다. 참석자들이 덕담하고 나서 선물을 건넸다.

그가 그녀에게 건네는 차례였다.

그는 왼쪽엔 강아지, 오른쪽엔 선물을 안고 있었다. 딸이 달아준 스마일 배지를 행복스레 핥고 있는 강아지를 어루더듬더니 딸이 일러준 대로 행동했다. 선물을 주는 데 익숙지 못한 그가 어렵게 입을 떼면서 그녀에게 다가가 건넸다.

"자, 이 이 이거 받아요. 나 나 잘할게요."

그가 행운이의 새끼라고 말하자, 그녀는 놀란 듯 말을 잇지 못했다. 이목구비가 어미를 쏙 빼닮은 게 가슴이 아려 눈물이 글썽글썽했다. 그가 재빨리 옷소매로 눈물을 닦아주었다. 아직은 낯설게 느껴졌다.

창 너머로 보름달이 시야에 들어왔다. 상처 주지 말고 웃으며 둥글둥글 살라는 무언의 몸짓을 내보이고 있는 듯 느껴졌다. 오늘따라 더욱 둥글고 크게 보였다.

서천에 드리워진 달빛이 네온사인 불빛을 감싸며 노부부
의 가슴속으로 파고들었다. 오후 내내 그토록 짓궂게 불던
바람 소리도 잦아들고 있었다.

　선물은 예쁘게 포장되어 있었다. 딸이 조심스럽게 포장
을 뜯었다. 아내가 사고 싶어 했던 화장품 세트였다. 예쁜
카드가 들어있었다. 딸이 그녀에게 폰의 손전등을 켜서 펼
쳐 보이자, 한참 동안 눈을 떼지 못했다. 유난히 여섯 글자
가 큼직하게 다가왔다.

　—할멈, 미안해요.

　어느새 휠체어 위에 손 셋이 포개졌다.

　한편 식탁 위에는 유리 쟁반 속에 큼직한 달덩이 하나가
담겨져 있었다.

소백산의 봄

김덕호 지음

발행처   도서출판 청어
발행인   이영철
영업   이동호
홍보   천성래
기획   육재섭
편집   이설빈
디자인   이수빈 | 구유림
인쇄   정우인쇄

등록   1999년 5월 3일
          (제321-3210000251001999000063호)

1판 1쇄 발행 2025년 11월 20일
1판 2쇄 발행 2025년 12월 20일

주소   서울특별시 서초구 남부순환로 364길 8-15 동일빌딩 2층
대표전화 02-586-0477
팩시밀리 0303-0942-0478
홈페이지 www.chungeobook.com
E-mail   ppi20@hanmail.net

ISBN   979-11-6855-403-0 (03810)